RUDIE VAN RENSBURG

# Hans hou sy lyf Sherlock

QUEILLERIE

## DEUR RUDIE VAN RENSBURG

### Misdaadfiksie

*Slagyster* (2013)
*Kopskoot* (2014)
*Judaskus* (2015)
*Pirana* (2016)
*Kamikaze* (2017)
*Ys* (2018)
*Medusa* (2019)
*Vloek* (2019)
*Merk* (2020)
*Hartedief* (2021)
*Monster* (2022)

*Op die spoor van* (samesteller) (2017)

### Humor

*Hans steek die Rubicon oor* (2017)
*Hans gee Herklaas horings* (2020)
*Hans bars die bioborrel* (2021)

Queillerie
is 'n druknaam van NB-Uitgewers,
'n afdeling van Media24 Boeke (Edms.) Beperk,
Heerengracht 40, Kaapstad
© Rudie van Rensburg 2022
Alle regte voorbehou

Geen gedeelte van hierdie boek mag sonder die skriftelike verlof van die uitgewer gereproduseer of in enige vorm deur enige elektroniese of meganiese middel weergegee word nie, hetsy deur fotokopiëring, skyf- of bandopname, of deur enige ander stelsel vir inligtingsbewaring of -ontsluiting.

Omslagontwerp deur Nudge Studio, na 'n reeksvoorkoms deur Michiel Botha
Foto's op voorblad: istock, Adobe, Media Bakery
Tipografiese versorging deur Susan Bloemhof
Gedruk en gebind deur Shumani RSA, Parow, Kaapstad.
WT082000

Eerste uitgawe 2022

ISBN 978-0-7958-0253-9
ISBN 978-0-7958-0254-6 (epub)

# 1

Hans beskou die kêreltjie van kroontjie tot toontjie. Hy het nog poeier tussen sy lieste, dink Hans. 'n Bogkind van in sy veertigs.

Maar sy mondwerk is goed, moet Hans toegee. Die klein groepie aanwesiges hang aan sy lippe soos pasiënte aan 'n drup. Hy weet ook hoe om kwistig met die heuningkwas te werk.

"Ek het julle met die hand uitgekies om te deel in hierdie wonderlike beleggingsgeleentheid, my oompies en tantetjies," sê hy terwyl hy wittandjies wys. "Ek keur my kliënte met dieselfde sorg as wat ek hulle kosbare spaargeldjies belê."

Hy kry goedkeurende knikke van die groepie in die klein saaltjie van die posduifklub in Parow: Senter Venter, befaamde oud-rugbyspeler en die ondervoorsitter van Huis Madeliefie se beheerraad; Wieletjies Weyers, gewese motorband-magnaat van Brakpan wie se spaarvarkie glo bult van die geld; en ou Nella Vos, wat in die grendeltyd met haar topverkoper-kookboek, *Frikkadelle, begrafnisrys en kaboemielies*, oornag sterstatus bereik het en intussen al op *Kwêla, Bravo!* en *Toks & Tjops* verskyn het. Net soos duidelik op dié drie se gesigte gesien kan word, lyk ook twee van Hans se boesemvriende, Vasie en Liesbet, hoogs ingenome met dié mannetjie se vleitaal.

Dis net Hans en vriend Maatjie, 'n voormalige boekhouer, wat hulle gesigte in die plooi sit.

"Meneer Davel, maar jy wil mos nou water opdraand laat loop," gee Hans sy eerlike mening.

"Ek sekondeer," sê Maatjie.

Davel grinnik en trek vlugtig 'n hand deur sy bos blonde krulhare. "Los maar die formele aanspreekvorm, oom. Onder my vriende is ek bekend as Javel, 'n bynaam van skooldae af."

Iemand met 'n naam soos Javel Davel boesem nog minder vertroue by Hans in. Hy wil dit sommer hardop sê, maar lê hom net betyds die swye op. Dit sou onvanpas wees.

Davel rek sy oë, pluk-pluk aan sy worteloranje das, stap nader en kom staan voor Hans. "Wat presies bedoel oom met die water wat ek opdraand wil laat loop?"

"Hoe kan jy 'n maandelikse rentekoers van minstens twintig persent op 'n belegging waarborg as die banke en ander finansiële instellings nie eens naby dit kom nie?"

Davel lag so hartlik dat Hans sy kleintongetjie sien tril.

"My oompie, om Davel Investments te wil vergelyk met daardie verstokte instellings, is om 'n ooreenkoms te soek tussen 'n splinternuwe Rolls-Royce en 'n afgeleefde Opel Kadett. Die argaïese beleggingsmetodes van groot finansiële instellings is lankal uitgedien. By Davel Investments belê ons kliënte se geld op verskeie platforms waarvan finansiële instellings nog nie eens gehoor het nie."

"En wat sal dit nogal wees?" vra Maatjie.

Davel grinnik weer. "Ek is natuurlik nie bereid om al ons beleggingsgeheime te verklap nie, my oompie, maar kriptogeld, verskeie wêreldwye eiendomsontwikkelings en 'n paar opwindende en winsgewende kernkragprojekte vorm onder meer deel van ons portefeulje om hoë rentekoerse vir ons kliënte te waarborg."

Hy swaai sy vinger driftig. "En Davel Investments het boonop oor die wêreld heen sy vinger op die pols. Ons het beleggingskundiges in New York, Londen, Berlyn, Moskou en Parys, asook in verskeie stede in Australië, die Bahamas, Bermuda, Brasilië, Bulgarye, Costa Rica, Egipte, Finland, Groenland, Hongarye, Indië, Italië, Kanada, Mauritius, Oostenryk, Saoedi-Arabië, Spanje, Thailand en Viëtnam."

"By my siel, ek maak sommer 'n wawiel!" roep Wieletjies uit, duidelik beïndruk met al dié vingers op soveel polse.

"Dis nie almiskie nie," eggo Vasie haar geesdrif.

Davel knik ingenome. "Ja, my oompie en tantetjie, as daar 'n goue beleggingsgeleentheid iewers in die wêreld opduik, is my kundiges so vinnig soos 'n mamba se pik op hom."

Hans kan goed sien dat Javel Davel hom so slim hou soos 'n boom vol uile. Hy gaan nie maklik 'n swakplek in sy mondering blootlê nie. Maar daar is nog iets wat hom pla.

"Waarom het jy juis óns spesifieke groepie by Huis Madeliefie uitgekies as potensiële beleggers?"

Davel wys glimlaggend na Senter Venter. "Oom Senter het julle name vir my gegee as mense wat welaf genoeg is om die minimum bedrag van vyftigduisend rand te belê wat Davel Investments vereis. Ons werk ongelukkig nie met kleingeld nie."

Hans kyk met geligte wenkbroue na Senter.

Dié kom met 'n boksprong orent uit sy stoel en doen sy gebruiklike strekoefeninge voor hy die woord voer. "Spoedvraat Swart, my Bok-sentermaat in die 1968-toetsreeks teen die Britse Leeus, het my onlangs gebel en gevra of ek ook 'n gaping wil slaan op die opwindende speelveld van hoë opbrengste." Senter voer 'n denkbeeldige skêrbeweging uit voor hy voortgaan. "Hy en 'n paar vriende van hom in Huis Westergloor in die Paarl belê al etlike maande hulle geld by Davel Investments. Die hoë rentekoerse wat hulle maandeliks verdien, kan volgens hom elke keer vergelyk word met 'n oorstootdrie in beseringstyd." Senter beduie met 'n agteropskop en 'n swaai van die hand, identies aan die legendariese fopbeweging waarmee hy die Leeus se agterlyn destyds uitoorlê het, na Davel. "En toe Spoedvraat ook meld dat Javel sy graad in beleggingskunde aan die Oxford-universiteit met lof behaal het, het ek dadelik geweet dis nou 'n geldkaptein onder wie ek graag wil speel."

Daardie stelling laat 'n paar mense hulle asems intrek. "Dis 'n uitsonderlike prestôsie!" roep Liesbet uit. Hans is self gestonk oor dié onthulling. Om jou graad met lof by Oxford te behaal, wil gedoen wees. Dalk moet hy die mannetjie nié op sy smal voorkoppie en pap mondjie takseer nie.

Senter voer met verblindende spoed 'n skepskopaksie uit. "Ek het Javel toe gebel. Hy het my gevra of ek eerbare mense in Huis Madeliefie ken wat nie net die finansiële vermoë het om te belê nie, maar ook verdien om die telbord aan hulle kant te kry." Hy wys na die aanwesiges. "En dis hoe julle name op die Davel-spanlys verskyn het."

"Dis dierbôr vôn jou, Senter," sê Liesbet gevoelvol.

Die ander knik geesdriftig. Hans merk dat selfs Maatjie sy voorkop ontplooi het en saamknik.

Davel lek sy lippe af. "Nou kom, my oompies en tantetjies, laat ons die papierwerk gou afhandel." Hy gaan sit agter die lessenaar en trek 'n lêer nader. Die ander vorm dadelik 'n tou, kennelik gretig om afstand van hulle geld te doen.

Hans weet nie wat met hom skort dat hy nog nie soos Senter bokspronge kan uitvoer oor Davel se beleggingsbeloftes nie. Hy gaan nié nou sy hand op papier sit nie.

Hy stap na Vasie en trek hom liggies aan die arm. "Moet ons nie eers met mekaar te rade gaan voor jy belê nie?" fluister hy.

Vasie skud sy kop. Sy ou mater se onderkaak tril liggies van die opwinding. "Nee, Hans, sê ek vir myselwers só 'n geleentheid kom net een keer in mens se lewe. Ek wil nou inkoop voor dit te laat is."

Hans weet Vasie laat hom niks sê nie. Hy gaan hom nie van sy planne laat afsien nie. Sy vriend was nog altyd agter geld aan soos die duiwel agter 'n siel.

Hy verskoon homself, maar Davel hou sy hand omhoog. "Net 'n versoekie dat my oompie nie by Huis Madeliefie rond en bont praat oor vandag se gesprek nie. Ek wil nie hê 'n klomp mense wat nie kan bekostig om te belê, moet my uit die bloute nader nie."

Hans knik en loop uit. Hy het geen behoefte om hieroor uit te praat nie. Hy sal maar wag en kyk of daar dalk 'n angel agter die by sit voor hy van sy swaarverdiende spaargeld by Davel belê.

Hy wil in elk geval ook eers goed deur die mannetjie se boeke blaai . . .

## 2

Die aand aan die etenstafel kan Hans se vriende nie uitgepraat raak oor Davel Investments nie.

"Sê ek vir myselwers daardie firma gaan my in 'n nuwe geldliga lanseer," sê Vasie terwyl sy oë oorkruis kyk. "Ek het honderdduisend belê, wat ek al die jare aan die bank toevertrou het." Hy snork. "Maar daardie treurige spul sit mos met gevoude hande. Het beswaarlik ses persent rente verdien."

"Ek stem in hart en niere saam," sê Maatjie. "My enigste bankbelegging van vyftigduisend het ook net stof opgegaar. En my dertigduisend op die beurs het nooit vatplek aan hoë opbrengste gekry nie."

Hans is verras dat Maatjie so vinnig belê het, want anders as Vasie, wat reën ruik al is daar nie wolke nie, sit hy nie gou sy eiers onder een hen nie. Boonop draai hy 'n oulap twee keer om voor hy hom uitgee.

Liesbet moet die verbasing op sy gesig gesien het. "Hôns, jy het te vinnig die pôd gevôt. Jôvel het ook vir ons 'n skyfievertoning gehou. Jy moet Dôvel Investments se kôntore in die Kôpse middestôd sien. Die plek swem in die weelde. Dit beslôn drié verdiepings van die Continentôl-gebou. Om nie eens te prôt van hulle ruim Londen-kôntoor in Trôfôlgôr Square nie."

"Ja-nee, dis nie 'n hierjy-maatskappytjie nie. 'n Mens kan sien dit gaan klinkstiebeuel met hulle," sê Vasie en vryf sy hande geesdriftig teen mekaar.

Hans is nog nie oortuig nie. "Julle moenie hoera skreeu voor julle oor die brug is nie."

"Dis mos nog altyd my slagspreuk ook," sê Maatjie, "maar ná Javel se telefoniese gesprek met Spoedvraat Swart, is my agterdog finaal besweer."

"Telefoniese gesprek?"

Liesbet antwoord: "Voor ons ons hônde op pôpier geslôn het, het Jôvel eers vir Spoedvrôt gebel om ons gemoedsrus te gee. Hy het sy foon se luidspreker ôngesit sodôt ons eerstehônds kôn hoor wôt Spoedvrôt sê."

"Spoedvraat het Davel Investments omtrént bewierook," sê Maatjie. "Hy en sy vriende belê al die afgelope vyf maande daar en stiptelik aan die einde van elke maand word hulle rente inbetaal. Dit dans glo heeltyd rondom een-en-twintig persent."

Hans keer homself net betyds om "Hygend hert!" uit te roep. Een-en-twintig persent is 'n ongekende opbrengs. Maar sy wantroue wil nog nie tot ruste kom nie.

"Hoe seker is julle Spoedvraat word nie deur Davel betaal om konkelstories te verkoop nie?"

Vasie lag dat die spoeg spat. "Nee wat, Hans, jy wil nou 'n rot ruik waar daar nie een is nie. Spoedvraat is so eerlik as wat die dag lank is. Soos Senter tereg opmerk, draf hy voor in die kerkspan. Al jare lank hoofouderling in die Paarl. 'n Man van inbors."

Hans moet toegee dat dit nie klink of Spoedvraat die soort mens is wat hom skuldig sal maak aan jakkalsstreke nie.

Die beleggers aan sy tafel is van voor af in vervoering oor die vooruitsig van 'n ekstra inkomste.

"Sê ek vir myselwers voortaan sal ek nie meer van genadebrood hoef te leef nie. Ek kan deesdae nie eens meer die keel smeer met my hartversterkinkie van keuse nie, want 'n goeie bottel jenewer het onbekostigbaar geword. Davel Investments se hoë opbrengste gaan dit gelukkig nou regstel," sê Vasie en sluk sy kasaterwater, wat as tee voorgehou word, gulsig af asof hy klaar aan sy voorkeurdrankie teug.

Liesbet knik. "Nou prôt jy, Vôsie. Ek het my kleinkinders die ôfgelope tyd so ôfgeskeep met geskenke dôt ek slôpelose nôgte dôroor gehôd het. Nou kôn ek die bloedjies weer bederf, wônt oumô se beursie gôn weer bult."

Maatjie noem dat hy nou sal kan bekostig om vir sy suster in Pretoria te gaan kuier. En sy neef in Potchefstroom smeek ook al lank dat hy daar 'n draai moet maak.

"Het die ander drie toe ook belê?" wil Hans weet.

"Jô, Wieletjies het sommer tweehondertduisend neergesit!" roep Liesbet uit.

Hans fluit saggies deur sy tande. Dis 'n wavrag geld.

"Sy sit dik in die pitte, Hans," sê Vasie. "Haar bande-onderneming het mos gespesialiseer in breë tekkies vir opgesoepte karre. Sy sê haar klante van Brakpan, Benoni en Boksburg het gereeld tougestaan by haar winkel."

"En Senter en Nella het ook elkeen vyftigduisend belê," sê Maatjie. "Ou Nella se kookboek het glo die geld laat inrol nadat sy so gereeld en breed op die TV verskyn het."

Vasie lag hom 'n boggeltjie. "Dis nie almiskie nie, Maatjie. Sy het daai TV-skerm omtrent volgesit. Selfs Toks het klein teen haar gelyk."

Liesbet betig hulle oor hul "onvônpôste" opmerkings.

Die spulletjie begin weer oor Davel Investments te kwyl, maar Hans luister nie meer nie.

As hy eerlik met homself moet wees, sal hy ook kan doen met meer geld in sy sak. Sy karige pensioen dek net-net sy verblyf in Huis Madeliefie en sy maandelikse bydrae tot die mediese fonds. Sy sogenaamde leefgeld, wat bestaan uit die nederige rente op sy belegging van sestigduisend in die bank, maak dat dinge by hom ook maar Skraalhans is. As dit nie was dat sy kinders sy selfoonrekening betaal nie, was hy selfs afgesny van die buitewêreld.

Soos Vasie, voel hy ook soms so arm soos 'n luis op 'n kam.

Hy besluit om in die komende dae werk te maak van sy voorneme om deur Javel Davel se boeke te blaai. As hy seker is die mannetjie se onderneming staan op 'n stewige fondament, sal hy dit dalk oorweeg om ook te belê.

Wie nie waag nie, wen immers nie.

# 3

Hans sit in die posduifklub se sitkamertjie en wag op sy besoeker.

Hy is tevrede dat sy navorsing deeglik was. Hy het eergister by Senter Venter Spoedvraat se selfoonnommer gekry en toe gebel om eerstehands met hom te gesels. Vasie was reg, dit het vir Hans geklink of Spoedvraat 'n man van die egte stempel is. Spoedvraat het ook vir Hans sy vriende in Huis Westergloor se nommers gegee sodat hy hom daarvan kon vergewis dat almal wonderlike opbrengste ontvang, wat toe inderdaad so is.

Een van dié beleggers het hom verder gerusgestel dat 'n paar van sy vriende by Huis Herfsblaar op Worcester ook 'n ruk gelede hulle spaargeld aan Davel Investments toevertrou het, en dat hulle nie kan ophou glimlag oor die hoë opbrengste nie.

As soveel mense vertroue in Davel Investments het, sal dit dom van hom wees om hond se gedagtes te wil koester, het Hans gedink.

Hy het toe gisteroggend die daad by die gedagte gevoeg en Javel Davel by hulle hoofkantoor gebel op die nommer wat Liesbet vir hom gegee het.

'n Baie professionele dametjie het geantwoord. "Meneer Davel is ongelukkig nie nou beskikbaar nie. Hy is besig met 'n lesing in finansiële bestuur vir meestersgraadstudente op Stellenbosch. En vanmiddag kom besoek 'n klomp beleggingskundiges uit Amerika hom." Sy het 'n laggie gegee. "Arme meneer

Davel is so in aanvraag dat hy beswaarlik tyd kry om te slaap. Maar ek verseker u dat hy u sal terugbel sodra hy 'n klein opening in sy bedrywige skedule kry."

Dit het Hans nogal beïndruk. As Amerikaanse kundiges al by hom vir raad kom aanklop, moet Davel inderdaad 'n meester van sy vak wees.

En wat hom nog meer geïmponeer het, was dat Davel hom skaars 'n uur later teruggebel het. "Jammer dat my oompie so lank moes wag, maar ek het darem nou 'n minuut of twee om aandag aan my oompie se behoeftes te skenk."

Toe Hans noem dat hy ook besluit het om by Davel Investments te belê, moes Davel eers sy dagboek raadpleeg. "Ek sal oom môre so teen tienuur kan inpas. My onderhoud met die *Financial Times* behoort teen negeuur klaar te wees en my volgende afspraak met die Oppenheimers is eers twaalfuur."

Hans het sy waardering uitgespreek dat Davel vir hom tyd inruim tussendeur sulke belangrike afsprake.

"By Davel Investments skeer ons elke kliënt oor dieselfde kam, my oompie. Almal is ewe belangrik. Dis ons maatskappy se leuse."

Ook daardie ingesteldheid het Hans se goedkeuring weggedra.

Davel het versoek dat hulle mekaar by die posduifklub kry, wat nie 'n probleem is nie. Die klub is tog neffens Huis Madeliefie.

Hans is 'n bietjie vroeg daar, en kyk op toe sy besoeker stiptelik om tienuur sy verskyning in die sitkamertjie maak.

Davel is vandag uitgepiets in 'n pers snyerspak, 'n ligpienk hemp en geblomde das. Sy skelblou skerppuntskoene laat Hans effe terugdeins. Daardie toonwurgers moet diep wonde in gesonde voete slaan.

Davel kom sit oorkant Hans en trek sy vingers deur sy bos uitsonderlik blonde krulhare. Daar is 'n kunsmatige skynsel aan sy haardos. Hans probeer om nie die man se pap mondjie en ewe pap handdruk té negatief te beoordeel nie. Die kêreltjie het homself mos al op vele terreine bewys.

Davel val met die deur in die huis: "En hoeveel van my oompie se spaargeldjies kan ons bestuur?"

"Sestigduisend."

Net vir 'n oomblik merk Hans dat Davel se lippe effe hang, maar hy wys gou weer wittandjies. "Dis 'n mooi bedraggie, maar is my oompie seker dis al wat my oompie wil belê? Onthou, hoe meer mens investeer, hoe groter die opbrengste."

"Dis al neseier wat ek het."

Davel bring 'n boksie vuurhoutjies uit sy sak te voorskyn en haal een uit. Hy begin dit in klein stukkies opbreek, wat hy op die tafeltjie voor hom uitpak. Die vreemde optrede ontstel Hans nie. Hy het gelees dat Einstein ook eksentrieke gewoontetjies gehad het.

Terwyl Davel 'n tweede vuurhoutjie se swaelkoppie afbreek, maak hy klikgeluidjies met sy tong. "Dis nou 'n jammerte dat oom net sestig K het, maar darem nie 'n treinongeluk nie." Hy gee 'n selfversekerde laggie. "Ons sal sorg dat daardie bedraggie metterwoon verdubbel." Hy skuif die vuurhoutjiestukkies eenkant en maak die lêer oop wat hy saamgebring het. "Kom ons handel dan gou die papierwerkies af."

Hans hou sy hand omhoog. "Eers wil ek weet of ek my belegging enige tyd kan onttrek as die rente-opbrengs dalk daal?"

Soos 'n paar dae gelede, lag Davel weer kleintongetjie-trillend. "Verskoon tog dat ek my oompie se vraag amusant vind, maar by Davel Investments daal die rente nooit." Hy leun vorentoe en fluister: "Trouens, as my onderhandelinge later vandag met die Oppenheimers suksesvol is, kan Davel Investments se rentekoerse vir sy beleggers tot drie-en-twintig persent styg. Maar ja, mens kan enige tyd jou belegging onttrek. Anders as die konvensionele finansiële instellings, vereis ons nie dat kliënte hulle geld vir 'n vaste termyn moet belê nie."

Dis dié soort rose wat Hans op sy geldpad gestrooi wil hê. Hy vryf sy hande geesdriftig teen mekaar. "Laat ek dan teken."

Nadat hulle die papierwerk afgehandel het, stap Hans saam met Davel na die klein parkeerterrein vir besoekers.

Davel klim in 'n rooi Merc-sportmodel met 'n afslaankap. "Sommer met een van Davel Investments se poelkarretjies hierheen gery," sê hy half verskonend voor hy brullend wegtrek.

Hans kyk die plat gevaarte agterna. Hy besef Vasie was reg. Dis nie 'n hierjy-maatskappytjie nie. As dit is hoe een van hulle "poelkarretjies" lyk, wil hy nie weet met watse pronkwaens Davel en sy senior vennote normaalweg rondry nie.

Terug by die tehuis, wag Vasie hom in die voorportaal in. "Liesbet sê vir my dat jy ook van plan is om in te koop in Davel Investments."

Hans knik. "Het dit pas gedoen. Jy was toe reg, dit is 'n geleentheid wat mens by die hare móét gryp."

"Jou ou biesiepol!" roep Vasie uit en klap hom op die rug. "Sê ek vir myselwers binnekort rol ons in die geld."

Vasie kyk op sy horlosie. "Die vliegtuig is seker nog nie oor nie, maar sal ons nie maar ter viering van ons toekomstige rykdom die kêreltjie met die kurkhoed 'n paar soene gaan gee nie? Ek het juis 'n ekstra botteltjie Bolandse raaswater vir die dors gebêre."

Hans het nie besware teen sy ou mater se voorstel nie. "Nou waarom wag ons nog?"

# 4

Hans het die afgelope maand die dae een vir een op sy almanak agter die kamerdeur afgemerk.

Hy kan nie ontken dat hy in hierdie tyd ongekende spanning beleef het nie. Veral in die aande wanneer hy op sy stellasie klim, roep hy allerlei droggedagtes op – deurentyd verwant aan sy belegging by Davel Investments. Sê nou die hele storie wás te goed om waar te wees? Sê nou die mannetjie het sand in hulle oë geskop? Sê nou sy enigste neseier verdwyn met die noorderson?

Sulke bekommernisse kon hy nie met Vasie, Liesbet of Maatjie bespreek nie. Hulle is nog in die wolke oor dié "geleentheid van 'n leeftyd". Hans wou nie hulle bruisende geesdrif onnodig in trurat gooi nie.

Om die saak met sy kinders te bespreek, was ook nie 'n opsie nie. Veral Carla sou haar speelgoed by die kinderkatel uitgeslinger het. Sy kyk mos na alles deur 'n swart bril. En Hans het ook nie lus gehad om van haar 'n lesing te kry nie. Buitendien is sy boeke vir sy kinders duister. Nie een weet dat hy net genoeg vir 'n hol tand eenkant gesit het vir sy oudag nie. Wat hulle nie kan raai nie, is dat hy in sy werkende dae nooit genoeg kon spaar nie. Vier kinders se studiegeld en koshuisverblyf op verskeie universiteitskampusse het hom maar altyd aan die agterste geldspeen laat suip. En om vir twee dogters se uitspattige troues te betaal, het die wurgtou nog stywer laat span.

Hans het ook nooit vermoed dat hy die rype ouderdom van vier-en-negentig sou bereik nie. In sy laat sewentigs en vroeë tagtigs het hy soms soos 'n edelman geleef. Nooit gedink dat hy nog so baie rakke in sy lewensspens sou hê nie. As hy daardie tyd suiniger geleef het, sou hy nie nou soos 'n bedelman gevoel het nie.

Maar om homself te wil verwyt omdat hy nie verder gekyk het as wat sy neus lank is nie, sou ook niks help nie. Hy kan nie die horlosie terugdraai nie.

Hy staan steun-steun op van sy bed, met spanning wat styf in sy lyf sit. Vandag is die laaste dag van die maand. Hy, Vasie en Maatjie het ooreengekom om ná middagete af te piekel OTM toe om hulle bankstate te gaan trek. Net die gedagte dat die oomblik van waarheid dan gaan aanbreek, laat Hans se keel toetrek.

Vasie en Maatjie lê klaar weg aan die bobotie en rys toe Hans by die tafel aansit. "Jy moet gou eet, Hans. Ons moet nog OTM toe," herinner Vasie hom met 'n mond vol kos en oë wat oorkruis kyk.

Hans skep 'n klein porsie in, sy eetlus nooit waffers as sy maag soos nou op 'n knop getrek is nie.

Hulle kyk op toe Liesbet by hulle aansluit. Sy straal van oor tot oor. "My geld is inbetôl, julle! Het nou net op my komper in die kômer op my bônkstôte ingegôn."

Hans gee 'n droë sluk. "En . . . was dit toe . . . soveel as wat Davel belowe het?"

"Bôie meer, Hôns! Twéé-en-twintig-komma-ôgt persent!"

"Liewe land!" roep Vasie uit.

"Bewaar my siel," prewel Hans. Davel se onderhandelinge

met die Oppenheimers moet suksesvol gewees het, dink hy.

Vasie en Maatjie is klaar op uit hulle stoele. Hans los sy kos ook net so. Om by die OTM uit te kom, is nou 'n saak van dringendheid.

Liesbet hou haar hand omhoog. "Nie so hôstig nie. Senter het my gebel en gesê ons spônnetjie beleggers moet mekôr oor 'n hôlfuur by die Grand Hotel se kroeg kry." Sy lag. "Sodôt ons die gemeste kôlf behoorlik kôn slôg."

"Sê ek vir myselwers slag gaan ons hom slag!" roep Vasie uit terwyl hy met wapperende baadjiepante die voortou neem.

Hulle stap of die duiwel op hulle hakke is en is binne 'n japtrap oor die straat en om die hoek.

By die OTM trek hulle om die beurt hulle state.

Hans se hand bewe só toe hy die strokie vashou dat hy die ander een moet inspan om stabiliteit te verkry. Hy trek sy asem in. R1 140! Dit oorskry sy stoutste verwagtinge! Amper vier keer meer as die bank se rente.

Vasie en Maatjie uiter luidrugtig krete van blydskap. Van die omstanders op die sypaadjie staar hulle verbaas aan.

Hans en Maatjie trek elkeen driehonderd rand, maar Vasie besluit op vierhonderd. " 'n Mens weet nie tot hoe laat ons vanaand die keel gaan spoel nie."

Hulle stryk aan na die Grand toe, maar vorder stadig. Vasie gaan staan by elke winkelvenster om te kyk of daar nie winskopies is nie. "Sê ek vir myselwers in tye van oorvloed moet mens nie 'n bargain laat verbygaan nie."

Uiteindelik bereik hulle die Grand en kies koers kroeg toe.

Liesbet, Wieletjies en ou Nella het al hulle sit by 'n tafel in die kroeg gekry. Hulle gesigte verkondig dat hulle kelke van geluk ook vol is. Ou Nella se nekhamme skud spontaan van die uitgelatenheid.

Net toe Hans en sy makkers hulle by die vroue aansluit, kom Senter Venter by die deur ingedartel. Hy voer verskeie systappe en aftrappe uit voor hy hom uitasem by hulle skaar.

Hy ontvang 'n ligte applous van die ander kroeggangers. In hierdie geweste is Senter steeds 'n held, weet Hans, sy verbysterende vaardighede teen die Leeus van 1968 ingeëts in veral die ouer garde se geheuebanke.

Twee handtekeningjagters sak summier op hom toe en Senter teken sy naam met swierige krulle en karteltjies. Ook ou Nella trek 'n bewonderaar wat haar handtekening wil hê. Vandat sy so breed op televisie oor haar kookvernuf verskyn het, word daar wyd en syd na haar as die "nuwe antie Poppie" verwys.

Vasie vra luid of iemand nie ook sy handtekening wil hê nie. "Skrumskakel en kaptein van Viljoenskroon se tweedes in 1961."

Hans glimlag. Vasie gaan vandag weer vol kwinkslae en fratse wees. Die reuk van geld bring net die beste in hom uit.

Hulle bestel almal dubbelsopies, Liesbet inkluis, wat nogal vir Hans 'n verrassing is. Sy klim nie normaalweg met soveel oorgawe op die Bolandse wa nie.

Toe hulle drankies kom, lig Wieletjies haar glas. "Jy kan bly soos jy is vir die res van jou lewe, of jy kan wegbreek na Mainstay."

Dit ontlok 'n behoorlike laggery aan die tafel.

"Laat hy val waar hy wil!" roep Vasie uit en sluk sy dubbeljenewer met een teug weg.

Hans weet sy ou mater se voet is nou op die petrolpedaal. Dit verg nie 'n vuurpylwetenskaplike om te besef dit gaan 'n láng aand word nie.

# 5

Hans kom steunend orent, maar die klinkende simbale in sy kop laat hom terugsyg op sy bed.

"Saans gousblom, soggens molshoop," prewel hy.

Hy kyk met skrefiesoë na die wekker op sy bedkassie. Al amper twaalfuur. Hy het behoorlik 'n sloot in die oggend geslaap.

Maar dis nie 'n wonder nie. Hulle het tot kort voor middernag by die Grand gefuif. Op pad terug tehuis toe het almal hoog en laag getrap. Selfs Liesbet was lekkerlyf. Terug hierso het Vasie nog van iewers af 'n bottel kromhoutsap opgetower, waarmee hulle blitsvinnig klaargespeel het.

Hans onthou dat hy en Vasie gisteraand besluit het om 'n bustoer iewers heen te onderneem om weg te kom van die tehuis se versmorende atmosfeer. "Met die virusinhokking van die afgelope tyd is dit nodig dat ons nou wegbreek op 'n kaperjol-jol, Hans. Ook met dié dat ons nou dik in die pitte sit," het Vasie die gedagte verder vleuels gegee.

Hans kan nie veel meer van die bespreking onthou nie. Vasie het dalk iets van Namakwaland gesê, maar hy kan nie daarop sweer nie. Die oormaat lawaaiwater laat hom vandag kort van gedagte.

Met groot inspanning staan hy op en strompel na die wasbak 'n entjie verder om die hond uit sy mond te borsel. Hy besluit om eers vanaand te stort, want dis amper tyd vir middagete. Hy stryk die paar hare op sy kop plat en trek sy vlootblou safaripak en donkerblou kniehoogte kouse aan. Sy geel Crocs rond die uitrusting af.

Met nog effens onvaste tred pak hy die pad eetsaal toe voetjie vir voetjie aan.

Sy makkers is reeds aan tafel. Met die uitsondering van Vasie wat praat dat die spoeg spat, lyk hulle bedremmeld. Maatjie en Liesbet is kennelik ook slagoffers van wingerdgriep.

"Die meetsnoere het vir ons almal op mooi plekke geval," sê Vasie. "Sou selfsugtig wees om ander mense te ontneem van hierdie beleggingsgeleentheid van 'n leeftyd. Daarom het ek vanoggend 'n paar welvarende vriende van my by Huis Najaarsrus in Bellville gebel om Javel Davel by hulle te pluimstryk. Javel het juis gesê hoe meer welvarende beleggers ons werf, hoe beter is dit vir ons eie sakke."

Maatjie knik. "Dit het my ook aangespoor om sy lofbasuin te blaas by ryk kennisse van my by Huis Awendmymering in Goodwood. Hulle is vuur en vlam om te belê."

"Ek het dieselfde gedoen," sê Liesbet. "Het een vôn my ou skoolmôts by Huis Spôtôr op Prieskô gebel, môr sy sê Jôvel wôs klôr by hulle."

Vasie fluit deur sy tande. "Sê ek vir myselwers daai man laat nie gras onder sy voete groei nie. Prieska is mos ver van die Kaap af."

"My skoolvriendin sê hy het ôl ses mônde gelede die Noord-Kôp en glo ook die Kôroo gedek. Hy het vir hôr gesê hy spits hom net toe op ouetehuise, wônt hy het 'n sôgte plekkie vir ons plôslike bejôrdes."

Hans, Vasie en Maatjie stem saam dat dit 'n edel gebaar is vir iemand met so 'n internasionale aansien.

Ná ete vergesel Vasie Hans na sy kamer. Hans kan sien sy vriend het 'n vonkel in die oog, wat net daarop kan dui dat hy 'n plan in die mou voer. Dit stem hom effe onrustig, want Vasie se planne is gewoonlik soos om kuikens te wil tel voor hulle gepik het.

Vasie gaan sit in die leunstoel en Hans op die punt van sy bed.

Sy ou maat vryf sy hande vlugtig teen mekaar. "Sê ek vir myselwers met dié dat Javel die land so deurkruis het, wonder ek of hy ooit so ver as Namakwaland gekom het. Liesbet se skoolvriendin sê wel hy het die Noord-Kaap gedek, maar daai noordwestelike deel van die land is so afgesonder dat ek beswaarlik kan dink hy het daar ook 'n draai gemaak."

Hans frons. "Waarop stuur jy af, Vasie?"

Vasie lag uit sy maag. "Ek stuur af op 'n gratis busrit en verblyf vir jou en my in Namakwaland."

"En hoe wil jy dít nogal bewerkstellig?"

"Dis vir my vreemd dat jy vandag so stadig van begrip is, Hans."

Hans knik. "Moet die naweë van gisteraand se suipery wees."

Vasie leun vorentoe en praat in 'n fluisterstem. "Wel, laat ek my plan vir jou ter tafel bring. Ek bel vir Javel Davel en vra hom of hy nie ons bustrippie en verblyf Namakwaland toe wil borg nie. In ruil daarvoor tree ons as agente vir Davel Investments op deur elke ouetehuis in daardie geweste te gaan toespreek oor die goue beleggingsmoontlikhede wat die firma bied."

Hans sien in dat dit 'n meesterlike gedagte is. "Lyk of jy in die messebak geslaap het, want dis 'n skerpsinnige plan," swaai hy sy vriend lof toe.

Vasie lyk hoogs in sy noppies met dié erkenning wat hy ontvang en pluk sy selfoon uit. "Ek bel hom sommer nou."

"Nou toe," por Hans. "Ek maak solank vir ons koffie."

Hy sit die ketel aan en beduie vir Vasie hy gaan net 'n draai loop. Sy blaas is ook nie aldag wat dit moet wees nie, dink hy op pad badkamer toe.

By die manskrippe verwonder Hans hom weer oor Vasie se plan. Wanneer daar geld ter sprake is, besit Vasie Salomo se wysheid.

Terug in die kamer is Vasie reeds besig met koffie maak vir hulle.

"En toe? Wat sê Javel?" wil Hans weet.

"Hy sal my môre terugbel. Die dametjie by hulle hoofkantoor sê hy is vandag vreeslik besig. Hy hou glo 'n lesing vir meestersgraadstudente in finansiële bestuur op Stellenbosch, en dan wag daar 'n groep Amerikaanse beleggingskundiges vir hom in sy kantoor."

'n Kwelling des geestes pak Hans meteens beet. "Dis presies dieselfde as wat die dametjie my 'n maand gelede toegedig het toe ek hom gebel het."

Vasie aanvaar dié mededeling so koel soos 'n komkommer. "Wys jou ret, Hans. Die studente op Stellenbosch het hom seker gekontrakteer om hulle maandeliks in die fynere kunsies van die geldwêreld te onderlê. En Javel het mos genoem dat hy in groot aanvraag by veral die Amerikaners is om sy monitêre wysheid op 'n gereelde grondslag met hulle te deel."

Dit gee Hans 'n bietjie gemoedsrus. Dis nie nodig dat hy nou spoke opjaag nie. Davel het mos klaar sy woord gestand gedoen met die uitsonderlike rente wat hulle verdien het.

# 6

Die maand het soos blits verbygesnel, dink Hans. Vandag is al weer betaaldag.

Hy en Vasie het besluit om nie hulle opbrengs soos verlede maand deur die keel te jaag nie. Vasie het groot vordering gemaak met die reëlings vir hulle bustoer Namakwaland toe en albei het besef dat sakgeld vir so 'n toer noodsaaklik gaan wees.

Dit wil voorkom of hulle reis- en verblyfkoste deur Davel Investments gedek sal word. Javel Davel was baie opgewonde oor Vasie se voorstel dat hulle die firma in daardie gewese gaan bemark. Maar Davel kon nie dadelik die borggeld voorsien nie. "Ons direksie besluit oor sulke uitgawes, maar dit behoort nie 'n probleem te wees nie," het hy belowe en bygevoeg dat die direksie in die eerste week van elke maand vergader.

Hans-hulle behoort dus binne die volgende sewe dae die geld te kry, sodat hulle dan kan plek kry by Lekkerjol-toere. Volgens 'n vriend van Vasie by Huis Najaarsrus in Bellville, wat al daardie streek op 'n Lekkerjol-toer besoek het, is dit "die belewenis van 'n leeftyd".

As als volgens plan verloop, vertrek hulle oor drie weke. Dis 'n gedagte wat Hans met oorgawe vertroetel. Die afgelope jaar was pure hel. Om soos hokhoenders vasgekeer te gewees het tussen Huis Madeliefie se vier Berlynse Mure, het nie met sy konstitusie akkordeer nie. Maar noudat die pandemie-maatreëls verslap is en Huis Madeliefie se inwoners al agt maande gelede hulle teengif-inentings in die arm gekry het, kan hulle weer die lewe sorgeloos binnegalop. En net die gedagte daaraan om met ander bejaardes as dié geesdodende spul van Huis Madeliefie skouers te skuur, is al klaar iets om sy sterre voor te dank. Om ook nie elke oggend deur sy buurman, Poepies van Jaarsveld, se oggendknalle gewek te word nie, gaan 'n verdere sielsverblydende ervaring wees.

Hans staan van sy bed op, doen 'n paar vinnige strekoefeninge om sy litte te olie en stap dan in die gang af om Vasie te kry vir middagete.

"Het jy jou bankkaart, Hans?" vra dié dadelik. "Ons sal ná ete by die OTM moet gaan kyk of Davel Investments op die twee-en-twintig-komma-agt van verlede maand verbeter het."

"My kaart is in my sak," sê Hans. Hy is vol vertroue dat hulle dié keer drie-en-twintig persent gaan haal, want hy het 'n vermoede die Oppenheimer-effek sal nou eers ten volle ingeskop het.

Maatjie het al amper sy kos verorber en hy moedig Hans-hulle aan om ook gou met hulle s'n klaar te speel. Hans en Vasie het nie sulke aanmoediging nodig nie en sluk hulle kos gulsig af.

Hulle merk skaars op toe Liesbet by hulle aansluit.

"My geld is nog nie inbetôl nie," sê sy.

Die drie mans se koppe ruk in gelid op. Vasie verstik in sy ertjies en Hans moet hom 'n paar stewige klappe op die rug gee voor hy weer vrylik kan asemhaal.

"Hoe seker is jy daarvan, Liesbet?" vra Maatjie.

"Doodseker. Die komper lieg nie, Môtjie," sê Liesbet doodkalm. Sy gee 'n laggie. "Nie nodig vir julle om nou pôniekerig te rôk nie. Met dié dôt Dôvel Investments vôndeesmônd soveel nuwe kliënte bygekry het, is hulle komper seker oorlôi."

Hans knik. Dit maak sin. Buitendien is Liesbet onderlê in die komperwêreld en sal sy weet van sulke dinge.

"Dalk moet ons maar eers 'n middagslapie gaan vang. As ons klaar geslaap het, behoort hulle komper seker die oorhand te gekry het," doen Hans aan die hand.

"Ek sekondeer," sê Maatjie.

Vasie stem ook in, hoewel effe teensinnig.

"Ek sôl julle kom wôkker môk ôs my geld inbetôl is," stel Liesbet voor.

Terug in die kamer, strek Hans hom op die bed uit. Hy is nogal moeg nadat Poepies hom vanoggend al vyfuur met sy kanonvuur wakker lawaai het.

Hy is daarom gou in droomland.

Toe Hans deur Vasie wakker geskud word, sien hy op sy wekker dis al vieruur. Neffens Vasie staan Maatjie en Liesbet. Al drie lyk beteuterd.

Hans sit vinnig orent. Hy voel in sy are hier is gróót probleme.

"Ons geld is nog nie inbetôl nie," bevestig Liesbet sy nare vermoede.

"En Senter, Wieletjies en Nella s'n ook nie," sê Maatjie.

Vasie is uitsonderlik bleek om die kiewe en sy oë kyk in uiteenlopende rigtings. "Senter het van Spoedvraat die tyding gekry dat die Paarl se beleggers ook nog droëbek sit. En my vriende by Huis Najaarsrus het laat weet hulle wag ook nog tevergeefs op hulle geld."

Maatjie het ook nie goeie nuus nie. "My maats by Huis Awendmymering in Goodwood staan van eenuur af tou by die OTM naby hulle, maar daar is ook nog nie groenvoer op die land nie," sê hy in 'n bewerige stem.

"Maar kom ons bel nóú vir Davel en hoor wat skort met hulle komper," sê Hans en tel sy selfoon van die bedkassie op.

"Dit gôn nie help nie, Hôns. Ek het klôr gebel. Niemand ôntwoord nie."

Hans steur hom nie aan Liesbet nie en bel. Hy frons. Daar kom vreemde, lang luitone, kompleet soos 'n foon waarvan frikkadel gemaak is.

"Is daar nie 'n ander nommer nie?"

Liesbet skud haar kop. "Ek het op die internet gekyk, môr Dôvel Investments is nêrens gelys nie. Jôvel het mos gesê hy bly weg vôn die internet oor ôl die onheil wat dôr broei."

'n Vlaag sooibrand stoot spontaan in Hans se keel op. Klink of hier 'n skroef los is.

Liesbet se gesig helder tog op. "Dôlk moet ons vir Dôveltjie hier by ons vrô of sy nie 'n huisnommer vir Jôvel het nie?"

Hans frons. Waarom sal Aretja (Daveltjie) Davel, agt-en-tagtigjarige oujongnooi, oorspronklik van Jacobsdal in die Vrystaat waar sy joga- en kunsklasse gegee het, Javel se huisnommer hê?

"Is hulle dan familie?" wil hy weet.

Liesbet knik. "Jô, Jôvel is hôr neef se seun."

"Hoekom het jy ons nie lankal vertel nie?" roep Vasie uit.

"Jôvel het my gevrô om dit stil te hou. Ek het hom gevrô of hy fômilie vôn Dôveltjie is. Hy het erken hy is, môr gesê ek moet dit vir niemônd vertel nie."

"En waarom nie?" vra Hans.

"Hy het gesê Dôveltjie het nie die vereiste vyftigduisend rônd om te belê nie. En om fômilietwis te voorkom, is dit beter dôt sy nie oor Dôvel Investments ingelig word nie."

"Sê ek vir myselwers ons sal dadelik met Daveltjie moet praat. Sy sal ons op Javel se spoor kan sit," sê Vasie.

"Ek sekondeer," sê Maatjie.

Hans knik. "Ons sal vir Senter, Wieletjies en ou Nella moet nader hark. Hulle sal dalk ook 'n paar vrae vir Daveltjie hê."

Hulle kom ooreen om in die tehuis se klein saaltjie byeen te kom, waar hulle Daveltjie onder kruisverhoor kan neem oor haar neef se seun.

# 7

Daar heers 'n gespanne atmosfeer in die klein saaltjie. Hans merk dat Senter, Wieletjies en Nella net so wasbleek soos sy makkers is – en soos hy self voel.

Ou Nella se nekhamme tril onbeheers van die trauma. Hans hoop nie sy kry 'n ineenstorting of die een of ander aanval nie. Die tehuis se arts, dokter Muis Uys, is juis nou met sy jaarlikse verlof.

Senter voer 'n klompie aanvalsbewegings uit, wat gepaardgaan met verskeie hoogskoppe en denkbeeldige plettervatte. Dis 'n duidelike teken dat hy gereed is om tot die offensief oor te gaan.

Wieletjies uiter 'n verskeidenheid gedempte uitroepe. "O my sonde, gee my genade vir my wonde," is egter vir almal hoorbaar.

"Dôveltjie sôl nou hier wees," sê Liesbet om die gemoedere te kalmeer. "Sy is nog met hôr dôglikse jogô-oefeninge besig."

Ná etlike minute se gewyde stilte laat Maatjie van hom hoor. "Dalk jaag ons net spoke op. Moontlik is daar 'n goeie rede waarom ons geld nog nie inbetaal is nie."

Almal knik, al is dit nie met groot oortuiging nie. Hans hoop van harte Maatjie se optimisme word beloon. Hy haal nog 'n Rennie uit sy safaripak se bosak en kou dit luid, wat 'n paar van hulle vies na hom laat kyk. Dis nie altemit nie, almal is vandag kort gespan.

Die saaltjie se deur gaan oop en Daveltjie kom krom-krom ingestrompel. Lyk of sy 'n joga-oefening van hoë intensiteit agter die blad het, dink Hans.

"Waarmee kan ek julle help?" vra sy in haar kenmerkende skreeustemmetjie, wat groot ooreenkomste toon met die nagroep van 'n spreeu, soos Vasie dit al by geleentheid beskryf het.

"Ons het 'n paar vrae oor jou neef se seun, Javel," begin Hans as die beswaardes se segsman.

Daveltjie trek haar asem skerp in. "Moenie vir my sê hy het júlle ook met sy seebamboes-slenter gevang nie?!"

"Seebamboes-slenter?" eggo Hans. Die woord "slenter" het pas 'n nuwe stuwing van sooibrand by hom ontketen.

"Ja, hy het mos 'n paar jaar gelede seebamboes fyngekap, dit toe geblik en onder talle skuilname aan bejaardes as 'n verjongingskuur gesmous."

"O my kuur, gee my 'n teenmiddel vir suur!" roep Wieletjies uit. Hans oorhandig 'n Rennie, wat sy dankbaar aanvaar. Hy sit self nog een in sy mond.

"Nee, ons is onbewus van die seebamboes-slenter," sê Hans, "maar ons het ons spaargeld by hom belê as uitvoerende hoof van Davel Investments."

Daveltjie se yl strepieswenkbroue wip op. "Davel Investments! Nog nooit daarvan gehoor nie. Dit moet 'n nuwe skelmstreek wees, want van geld en beleggings weet hy minder as 'n bobbejaan van boom plant."

Dié skokkende onthulling ontlok verskeie reaksies.

"Sê ek vir myselwers Javel het 'n sameraapsel van leuens aan ons verkoop," gee Vasie in 'n bewerige stem sy mening.

Ou Nella se nekhamme wikkel soos 'n klimtol op en af. Senter kners hard op sy tande en Wieletjies se gesig blaas af soos 'n breë tekkie met 'n ernstige lekplek.

"Hoekom het julle my nie geraadpleeg nie?" vra Daveltjie. "Ek sou julle oombliklik afgeraai het om 'n sent by daardie klein bedrieër te belê. Hy is soos 'n bok: Waar hy vreet, groei niks."

Senter voer 'n oordrewe skêrbeweging uit wat hom amper van balans ruk. "Ons het hom as spankaptein aanvaar as gevolg van sy hoë kwalifikasie."

"En wat is dit nogal?" vra Daveltjie.

"'n Graad in beleggingskunde by Oxford, wat hy met lof geslaag het," sê Hans.

Daveltjie snork. "Hy was nooit náby Oxford nie. As hulle verneukkunde as 'n studierigting aangebied het, sou hy dit dalk met lof kon slaag. Maar daardie klein glyjakkals het nie eens skool klaargemaak nie. Boerematriek is sy enigste kwalifikasie."

Sulke kreune en steune as wat daardie opmerking van Daveltjie ontlok, het Hans laas tydens die hardlywigheidskrisis in die tehuis se badkamers gehoor nadat 'n boer 'n wavrag turksvye daar afgelaai het.

"Weet jy waar ons hom sal kan opspoor?" vra hy. Die desperate klank in sy eie stem ontgaan hom nie.

"Nee, dit sal ek nie weet nie. Soos sy eie pa, het ek alle bande met hom verbreek ná die seebamboes-skandaal."

"Het hy nie 'n vrou of meisie by wie ons kan navraag doen nie?"

Daveltjie snork weer. "Hy het nooit getrou nie. Altyd gesê dat hy melk by die bottel koop eerder as om 'n koei aan te hou. Hy het dus talle meisies gekombers, maar nooit gekerk nie. Het ook nooit lank genoeg met een uitgegaan vir my om hulle by die naam te ken nie."

Hans sug. "Ons sal dit moet aanvaar. Javel het uit die almanak weggeloop."

"Hy is natuurlik oorsee. Die skelms vlug mos almal Suid-Amerika toe," sê Vasie.

"Hy sal nie oor die water wees nie," sê Daveltjie egter met groot oortuiging. "Hy is doodbang vir vliegtuie. Op 'n keer moes hy saam met my neef Johannesburg toe vlieg. My neef moes hom glo aan die hare by die ding se deur insleep. En tydens die vlug moes Javel drie keer onderbroeke omruil."

Sy kyk op haar horlosie. "Julle sal my nou moet verskoon. Ek moet kunsklasse gaan gee vir die dames in Gang Drie." Sy maak klikgeluidjies met haar tong. "Baie jammer dat 'n familielid van my julle in die dikkedensie gedompel het, maar julle moes my eers oor hom geraadpleeg het."

'n Swanger stilte daal oor die saaltjie neer toe Daveltjie hakskene wys.

"Ons sal na die Continental-gebou in die Kaap moet gaan en die klein gesant van Satan se vennote daar vastrap," verbreek Vasie die stilte.

Liesbet skud haar kop. "Ek het intussen op my komper gesien dôr is nie so 'n gebou in die Kôp nie. Hy het die wôrheid geweld ôngedoen met sy skyfievertoning oor hulle kôntore."

"Hy het ons omtrent vir die aap gehou," moet Vasie toegee.

Maatjie knik ook beswaard.

"Dit is natuurlik waarom hy nie in Huis Madeliefie met ons vergader het nie. Hy was bang Daveltjie sien hom," sê Hans.

"Net so," beaam Maatjie.

Vasie se gesig helder vir 'n oomblik op. "My voorstel is ons gaan na die Grand se kroeg om daar kajuitraad te hou."

"Nee, Vasie, dis nie 'n opsie nie," gryp Hans beslis in. "Dit gaan nie help om ons voltyds in die arms van Bacchus te werp nie. Nugter denke is nou nodig."

"Ons sal 'n wedstrydplan moet opstel," sê Senter terwyl hy met verbysterende vaart 'n kurktrekkerlopie in die saaltjie uitvoer.

Hans hou sy hand omhoog in 'n poging om die opgesweepte emosies te temper. Hoewel hierdie verknorsing hom ook aan die keel wurg, besluit hy om sy makkers 'n boodskap van hoop te gee. "Tussen gesond en gewond is daar net een letter verskil. Die oplossing vir ons probleem is dalk nader as wat dit voorkom."

Hy weet nie of hy homself kan glo nie.

# 8

Hans staar in afgryse na die oggendkoerant. Toe die seuntjie dit so pas by hom aflewer, het die opskrif op die voorblad sy aandag opgeëis: *Honderde bejaardes ingeloop met geldskema*.

Met 'n beklemming op die bors begin hy die berig lees.

*Honderde bejaardes vanoor die Wes- en Noord-Kaap het die afgelope paar maande hulle spaargeld belê in 'n ponzi-skema van Javel Davel (42), 'n bekende Kaapse swendelaar.*

*Aanvanklik het hy onder die dekmantel van 'n skynmaatskappy, Davel Investments, buitensporig hoë maandelikse rente van bykans 23 persent aan sy beleggers uitbetaal.*

*Maar gister het Davel, wat die afgelope paar jaar deur die Valke ondersoek word vir sy sogenaamde seebamboes-slenter, die geldkraan toegedraai en in die niet verdwyn. Niemand kon hom bereik nie en die telefoon van sy skynmaatskappy se "hoofkantoor" is klaarblyklik ontkoppel.*

*Davel het die bejaardes onder die indruk gebring dat sy maatskappy, wat kwansuis wêreldwyd takke sou hê, toegang het tot beleggingsgeleenthede wat nie deur tradisionele finansiële instellings benut word nie. Hy het ook leuens oor sy kwalifikasies versprei. Aan sommige bejaardes het hy voorgehou dat hy 'n graad in beleggingskunde met lof aan die Oxford-universiteit verwerf het, en aan ander dat hy dié prestasie by Harvard behaal het. Inderwaarheid het Davel die skoolbanke op 16-jarige ouderdom verlaat.*

*Hy het 'n paar jaar gelede onder die polisie se aandag gekom toe hy onder verskeie name geblikte seebamboes as 'n verjongingskuur aan bejaardes verkoop het. 'n Groot aantal van hulle het siek geword van dié brousel, maar die polisie kon nooit hul hande op die glibberige Davel lê nie.*

*Tientalle ontstoke en ontstelde persone het* Die Burger *gister gebel om te kla oor dié bedrieër. Davel het uitsluitlik tehuise vir bejaardes geteiken en 'n minimum belegging van R50 000 vereis.*

*Oproepe is ontvang van beleggers in onder meer die volgende tehuise: Huis Spataar op Prieska, Huis Laaste Wals op Upington, Huis Silwersig op Kakamas, Huis Skemergenot op Postmasburg, Huis Vergenoeg op Barkly-Wes, Huis Sonkolletjie op De Aar, Huis Winkende Sterre op Carnarvon, Huis Nog-'n-bietjie-lewe op Fraserburg, Huis Grys Walvis op Hermanus, Huis Herfsblaar op Worcester, Huis Westergloor in die Paarl, Huis Najaarsrus in Bellville, Huis Awendmymering in Goodwood en Huis Madeliefie in Parow.*

*Enkele mense het selfs soveel as 'n miljoen rand aan Davel toevertrou. Konserwatief beraam het hy meer as R30 000 000 uit senior burgers geswendel.*

*Daar word versoek dat enigiemand met kennis van waar Davel hom bevind die hoofondersoekbeampte by die Valke, kaptein Spiertjies van Staden, dringend sal bel.*

Hans skryf die polisieman se telefoonnommer in sy boekie neer. Hulle sal met hom kontak moet maak, besluit hy.

Hy staan op uit die leunstoel om die koerant vir Vasie te gaan wys. Om alles so swart op wit te sien, het hom van voor af lamgeslaan. Hy voel dit ook aan sy wankelende bene en kurkdroë mond. Soos ou Nella Vos, is hy op die rand van 'n senu-insinking.

Net toe hy sy kamerdeur wil oopmaak, lui sy selfoon op die bedkassie. Hy stap soontoe en sien op die skerm dis Carla, sy dogter in Kanada. Wat sal die kind nou weer wil hê? Sy bel hom deesdae mal.

"Ek is bly ek kry Pappie in die hande, want ek is nou vreeslik ontsteld," val sy gejaagd weg.

"Waaroor?"

"Ek het mos op Netwerk24 ingeteken om op die hoogte te bly van Suid-Afrikaanse nuus. Toe lees ek die berig oor die skelm wat bejaardes met sy ponzi-skema ingeloop het. En ek sien daar was ook beleggers by Huis Madeliefie."

"O, ek het nog nie vanoggend se koerant onder oë gehad nie," lieg Hans gladweg.

"Pappie het darem sekerlik nie by hom belê nie?"

"Natuurlik nie."

"Sjoe, dis 'n groot verligting! Ek het eintlik geweet Pappie is hééltemal te slim om vir sulke skelmstreke te val. Pappie het ons kinders mos van kleintyd af geleer om nie ons geld in iets te belê as dit te goed klink om waar te wees nie."

"Ja," sê Hans. Sy stem klink vir hom besonder skor. Hy gee 'n onstuimige hoesie om hom dinktyd te gee oor hoe hy hierdie gesprek summier kan kortknip. "Carla, jy sal my nou moet verskoon. Ons stapklub wag al vir my by die hek."

"O, ek het nie eens geweet Pappie behoort aan 'n stapklub nie. Lekker stap. Ek bel môre weer. Ek is nuuskierig om te hoor wie by julle so dom was om vir daai jakkals se stories te val."

Hans steek die selfoon in sy sak en tuur by die venster uit na die Berlynse Muur. Nou lieg hy nog vir sy kinders ook. Maar hy kan hulle onder geen omstandighede oor die ware toedrag van sake inlig nie. Van al sy kinders, sal Carla die minste geneig wees om balsem in sy wonde te giet. Inteendeel, sy is die een wat sy dom besluit onder sy neus sal bly vryf. Hy kan ook 'n heftige reaksie van die ander drie verwag.

Die herinnering daaraan dat hy sy kinders vanaf 'n vroeë ouderdom teen sulke skemas gewaarsku het, maak van sy oordeelsfout 'n nog groter ramp. Dat hy soos 'n pampoenkop opgetree het, is onvergeeflik.

Hy sug. Nou te laat om trane met tuite daaroor te huil.

Hans besef hy het een van twee opsies. Hy kan homself oor die hoof bly gooi daaroor en in selfbejammering verval. Of hy kan iets daadwerklik omtrent die saak doen.

Hy besluit om laasgenoemde roete te volg.

# 9

Hans weet nie hoe kaptein Spiertjies van Staden van die Valke sy bynaam gekry het nie, want daar is geen teken van spiere aan sy maer gestaltetjie te bespeur nie. Hy lyk soos 'n wandelende geraamte.

Waar die kaptein nou hier in die klein saaltjie voor Huis Madeliefie se sewe ponzi-slagoffers sit, boesem hy by Hans min vertroue in. Terwyl Hans as die sewe se woordvoerder in die fynste besonderhede beskryf hoe hulle deur Javel Davel ingeloop is, staar die kaptein hom onbetrokke aan van onder halfmas-ooglede. Hy skep die indruk van iemand wat 'n geruime tyd gelede al deur lewensmoegheid oorweldig is. Al teken dat daar nog lewe in hom is, is dat hy soms gaap sonder om sy hand voor sy mond te sit. Hy ag dit klaarblyklik ook nie nodig om 'n enkele aantekening te maak nie, wat Hans verder verontrus.

Toe Hans sy voordrag voltooi, gaap Spiertjies weer met oop-mond-oorgawe. Hans tel vyf stopsels in sy kiestande.

"Dieselfde ou storie," prewel hy.

"Hoe bedoel kaptein nou?" vra Hans.

"Julle storie verskil nie van die ander s'n nie. Hy het julle almal met dieselfde slap riem gevang."

"Dit besef ek," sê Hans stuurs. Hy besluit om die kaptein nou onbewimpeld die waarheid te vertel. "Dis al 'n week gelede dat Davel voet in die wind geslaan het. Maar wat ek uit die koerantberigte kan aflei, is dat dit alles nog in die lug hang. Dis asof die polisie met hulle hande in die sye staan. Daar is nog niks vordering gemaak met waar die kêreltjie hom moontlik bevind nie."

"Ons dring aan op 'n snelle inhegtenisneming. Daai vent het ons kaal uitgeskud," voeg Vasie vurig by.

Daar is 'n ligte flikkering van ergernis onder die kaptein se halfmas-ooglede. "Ek sit met ses-en-twintig dossiere op my lessenaar, waarvan die Davel-dossier maar een is. Ons het nie die hande om dadelik by alles uit te kom nie."

"As jy nie hande het nie, kan jy nie vuismaak nie," merk Hans vies op.

"Ek sekondeer," laat Maatjie van hom hoor.

Senter Venter kom met 'n sierlike lynstaansprong uit sy stoel orent. Hy swaai sy hande wild rond en teen só 'n verblindende spoed dat Hans verwag hy gaan enige oomblik soos 'n helikopter opstyg. "Maar wat is julle wedstrydplan dan om daardie vlugvoetige swendelaar te plettervat, kaptein?"

Spiertjies gee weer 'n uitgerekte gaap. "Ons wag op inligting vanuit die gemeenskap oor waar hy hom bevind."

"En ôs julle nie dôrdie inligting kry nie, kôptein?" haal Liesbet die woorde uit Hans se mond.

"Dan wag ons nog 'n bietjie langer. Ons geduld sal wel eendag beloon word."

"Bedoel jy dit kan járe duur?" vra ou Nella, met haar nekhamme wat soos deeg in 'n oond rys.

Spiertjies knik. "Dis nie uitgesluit nie. Hy het ons drie jaar lank ontglip met sy seebamboes-streke. Davel is inderdaad 'n harde neut om te kraak."

"O my cracker, gee my 'n malvalekker!" roep Wieletjies uit.

Hans besef hierdie saak gaan nie deur Spiertjies van Staden

na 'n kant gedryf word nie. Hy vermoed die kaptein is sonder fut gebore. Hulle mors hulle asem op hom.

Spiertjies kom moeisaam orent uit sy stoel, gaap en hang 'n heilige gesig uit. "Ons sal hom uiteindelik kry, maar julle moet ons vordering maar in die media dophou. Ek gaan nie tyd hê om honderde bejaardes ingelig te hou nie."

Vasie snork, hard genoeg dat die kaptein hom kan hoor.

Maar dié maak of hy van geen kwaad weet nie en kyk Vasie met die nek aan. Hy mompel iets onhoorbaar en keer hulle die rug toe voor hy uit die saaltjie stap.

"Dit lê beslis nie in sy broekspype om iémand te vang nie. Jy kan nie van 'n esel 'n perd maak nie," gee Vasie sy mening.

"Hy gee ook geen snars om oor ons geldverlies nie. Hy gaan nie sy baadjie vir ons uittrek nie," voorspel Maatjie.

Hans stem volmondig saam. "Ja, dit lyk of hierdie saak benede sy aandag is. Dit gee mens pyn op jou naarheid."

Behalwe vir Senter, dra die ander ook hulle beswaarde harte op hul aangesigte. Maar die oud-Springbok het twee stoele omarm en in 'n geboë liggaamsposisie sy kop onder die tafelblad ingedruk asof dit 'n skrummasjien is. "Een, twee, drie, hup . . . een, twee, drie . . ."

Hans skud sy kop. Daar skort iets in Senter se boonste verdieping. Meer as ooit besef hy dié eertydse held het 'n ernstige klap van die windmeul weg.

"Wat gaan ons nou doen, Hans?" vra Vasie.

"Crouch, touch, pause, engage," laat Senter van onder die tafel hoor.

Hans kners op sy tande. "Ons gaan nie so gou die juk neerlê nie, Vasie. Ons sal ons eie ondersoek van stapel moet stuur."

"Ons kôn nie in 'n polisiesôk wil inmeng nie, Hôns," maan Liesbet. "Ons gôn dôn groot probleme optel."

Hy glimlag wrang. "Wie heuning wil uithaal, moet steke verwag. Maar ons moet ons nie daardeur laat afskrik nie. Ons sal Davel moet gaan soek tot by oom Daantjie in die kalwerhok."

"Jou ou biesiepol!" skreeu Vasie. "Só 'n bek kort jam!"

"O my bek, gee my 'n man wat sy denke só kan rek!" roep Wieletjies uit.

Hans knik om erkenning te gee aan Vasie en Wieletjies se positiewe reaksie op sy woorde.

Hoe hy die daad by die gedagte gaan voeg, weet hy nog nie.

# 10

Hans het 'n landkaart van Suid-Afrika teen sy ingeboude kas se deur vasgeplak. Hy het elke dorp omkring waar Davel sy jakkalsdraaie gegooi het. Soos die berigte daagliks in die koerant verskyn, raak dit al hoe duideliker dat hy wyer met sy skelmstreke gewoeker het as wat aanvanklik vermoed is.

Ondanks sy "belofte" om Hans-hulle te borg vir 'n bemarkingsveldtog in Namakwaland, het dit nou aan die lig gekom dat Davel nie daardie streek oorgeslaan het nie. Inwoners van Huis Donker Water op Springbok, Huis Verkalkte Are op Garies, Huis Laaste Rusoord op Pofadder en Huis Goue Oues op Bitterfontein het laat weet hulle is ook Davel-slagoffers.

Iets wat vir Hans nou soos 'n paal bo water staan, is dat Davel nooit die Oranjerivier oorgesteek het nie en ook nie na die Oos-Kaap uitgewyk het nie. Hierdie gevolgtrekkings help hom egter nie veel nie. Waar die vent hom nou bevind, bly 'n raaisel. Vir al wat hy weet, is Davel kaalvoet oor die Drakensberge.

Hy kyk weg van die landkaart toe Vasie by sy kamer inkom. Dié kom staan en bestudeer ook nou die kaart. "Sê ek vir myselwers Davel het óral stof opgejaag, nè?" Hy frons. "Dink jy hy sal in een van daardie ou weivelde van hom gaan wegkruip?"

Hans skud sy kop. "Nee, hy het meer harsings as dit – heeltemal te skrifgeleerd om so 'n kans te waag. Mense wat hy reeds vet om die oë gesmeer het, sal hom kan eien." Hy swaai sy vinger. "Maar elke bobbejaan het sy krans, Vasie. Hy sal op 'n plek wegkruip waar hy tuis en veilig voel."

"Dis 'n geniale afleiding, Hans!" swaai Vasie hom lof toe.

"Daardie afleiding help ons nog nie veel nie," sit Hans 'n domper op sy vriend se geesdrif. "Ons moet die handskoen opneem om daardie plek te identifiseer."

Vasie sug. "Jy's seker reg. Een bont kraai maak nog nie 'n somer nie."

Hans kyk op sy horlosie. "Ook al etenstyd."

"Ek het jou juis daarvoor kom haal," sê Vasie.

Hulle stap in die gang af na die eetsaal. Hans merk hoe mense hulle aankyk en agter bakhande fluister. Die nuus dat sewe van hulle hul geld in 'n ponzi-skema belê het, het soos 'n brand in 'n hoë grasveld deur die tehuis versprei. Dat hulle so maklik vir 'n aap gehou is, oorheers nou alle gesprekke.

Hans het boonop gisteraand van agter 'n toiletdeur in die badkamer gehoor hoe Altoon Ahlers, die vent wat hy tydens die vlak 5-inperking as interne bevelsraadsleier onttroon het, in hulle karakters inklim. "Hulle is 'n regte klomp skaapkoppe. Selfs kleuters sou nie so kort van begrip wees om vir daardie skelm se stories te val nie," het hy onder sy gespuis geskinder. "En daai ou Hans van Kraaienburg wat hom altyd so slim hou, is net 'n groot lantern, maar daar is weinig lig. As jy my vra, is hy so dig soos 'n klei-os se oog," het hy onder luide geskater van sy trawante verklaar.

Hans moes groot selfbeheersing inspan om Ahlers nie van agter die toiletdeur iets kru toe te snou nie.

Dit was die vernaamste rede waarom hy so 'n onrustige nag beleef het. Heeltyd rondgerol in die bed, met Ahlers se kwetsende woorde wat aanhoudend in sy gedagtes opduik. Dit het Hans se geesteswond oor sy dom besluit van voor af laat bloei.

En intussen vermy hy Carla se oproepe soos die pes. Die een keer wat hy wel geantwoord het, het hy haar met 'n kluitjie in die riet gestuur toe sy navraag doen oor wie die dom beleggers was. Hy het voorgegee sy foon breek skielik op deur met rukke en stote 'n paar onsamehangende woorde te uiter, en toe doodgedruk. Hy wens die kind wil ophou om haar neus oral in te druk.

Toe Hans-hulle by die eetsaal instap, hoor hy een van die inwoners sê: "Daar loop twee van die platsakke." Vasie kyk vies in daardie rigting, maar Hans maak of hy dit nie gehoor het nie. Die woorde vergroot wel die letsel op sy psige.

Liesbet, wat reeds aan tafel sit, lyk ook maar verlep. Selfs haar kapsel hang skeef en sy het van haar wangblosser op haar voorkop laat beland. "Hoe vorder jy met jou Dôvel-opsporingsplôn, Hôns?" wil sy hoopvol weet.

"Ek is nog besig om die grondwerk af te handel," brom hy. Hans verwens homself omdat hy nou die dag so breedsprakig was. As dit nie Liesbet is nie, is dit Wieletjies, Senter of ou Nella wat hom teister met navrae oor sy vordering.

Vir die soveelste keer verwens hy kaptein Spiertjies van Staden. As hy nie so 'n gebore kleitrapper was nie, het Hans nie nou 'n klip om sy nek gehad nie.

Hy begin ook sterk te twyfel of hy daarvoor opgewasse is om Sherlock Holmes te speel. Al ondervinding wat hy van daardie dissipline het, was toe hy donkiejare gelede sy seun, Ben, toe twaalf jaar oud, se reëls as Patrys-speurder bestudeer het. Buiten die stel reëls en riglyne, het Ben 'n lidmaatskapkaart van die Patrys-speurklub ontvang – asook 'n geelkoper-doppie met *Patrys-speurder* daarop gedruk, wat hy aan sy skoolbaadjie se lapel vasgesteek het. Hans kan egter nie veel van daardie reëls uit die vergetelheid ontruk nie. En dis beslis nie 'n opsie om by Ben daaroor navraag te doen nie. Dit sal net slapende honde wakker maak.

Maatjie sluit by die etenstafel aan. Hy masseer een van sy reuse-ore, wat gewoonlik daarop dui dat hy nuus het. Hy oorhandig 'n velletjie papier aan Hans. "Hier is die naam en adres van die dametjie wat namens Davel sy kwansuise hoofkantoor se foon beantwoord het."

Hans slaan sy hande inmekaar van verbasing. "Waar kry jy dit?!"

"Sy is 'n kleinniggie van een van my vriende in Huis Awendmymering. Sy is glo hewig ontsteld oor Davel so met haar kop gesmokkel het."

"Weet sy nie waarheen hy gevlug het nie?"

Maatjie haal sy skouers op. "Dit sal ons moet gaan uitvind."

"Het sy dit dan nie met jou vriend bespreek nie?"

Maatjie gee 'n laggie. "Dis moeilik om iets met my vriend te bespreek. Hy is so doof soos 'n kwartel. My 'n halfuur geneem om sy kleinniggie se adres uit hom te kry. In die proses my keel hees geskreeu. Ek het nie nog kans gesien om hom verder te ondervra nie."

"Hôns, ons sôl hôr ôdres vir kôptein Vôn Stôden moet gee. Dis tog 'n belôngrike leidrôd," sê Liesbet.

Hans skud sy kop beslis. "Nie voor ek self met haar gepraat het nie. Ek vertrou nie Klaas Vakie van Staden se oordeel nie."

"Dis nie almiskie nie," laat Vasie van hom hoor.

"Ek sekondeer," plaas Maatjie ook sy stempel van goedkeuring op Hans se weldeurdagte besluit.

# 11

Kleinboet van Eck, Huis Madeliefie se busbestuurder en algemene nutsman, laai Hans, Vasie en Maatjie voor die woonstelgebou in Bellville af.

Hans vra dat Kleinboet in die bussie wag. Hy wil nie die dametjie oorweldig met te veel ondervraers nie. Buitendien is Kleinboet nie ten volle op hoogte van hulle dilemma nie en is hy geneig tot misplaaste opmerkings.

Hulle ry met 'n ratelende hysbak na die derde verdieping. Verskeie onwelvoeglike woorde is met 'n skerp voorwerp teen die wande uitgekrap. Dit laat hulle in 'n koor "Hygend hert!" uitroep.

"Sê ek vir myselwers hier moet 'n spul matrose in die plek bly," gee Vasie 'n geldige verklaring, wat Maatjie sekondeer.

Hans druk nommer 312 se klokkie. Hulle wag nie lank voor die deur oopgaan nie.

Stoffelina Hanekom is 'n mollige meisie met grasgroen hare, 'n ring aan haar onderlip en 'n tatoe van 'n klein drakie in die nek. Sy kan nog nie dertig wees nie, skat Hans.

"Ek wil niks koop nie," sê sy stuurs voor hy 'n woord kan uiter.

Hans gee 'n laggie. "Nee, ons verkoop niks. Ons is hier om jou 'n paar vrae oor Javel Davel te vra."

Sy frons. "Is julle cops?"

Hans weifel vir 'n oomblik. Dalk beter om die persepsie te

skep dat dit 'n amptelike besoek van 'n aard is. "Nee, ons is nie van die polisie nie, maar ons werk onder die sambreel van die gereg. Ons is van Sherlock Holmes Private Investigations."

Stoffelina frons weer. "Holmes? Daai naam lui mos 'n klokkie by my. Is hy nie daai famous Formula One driver nie?"

Hans knik. Hy wil haar nie onnodig teregwys nie. "Ja, Sherlock was baie veelsydig, maar hy het eintlik groter bekendheid verwerf as 'n bobaasspeurder."

"Private Investigations," prewel sy. Dan helder haar gesig op. "O, nou verstaan ek, oom-hulle is eintlik PIs?"

"Jy kan seker so sê."

Daar verskyn 'n gulhartige glimlag op haar gesig, wat die ring aan haar onderlip laat opwip. "Nou kom dan in. Ek sal graag met julle oor daai con man wil chat."

Hans keer homself net betyds om haar te betig oor sy haar taalsous so brou. Dit sou nie nou vanpas wees nie, besef hy.

Die driemanskap gaan sit op 'n voos blou rusbank en Stoffelina oorkant hulle op 'n poef. Die kind moet geldnood hê, dink Hans. Haar jeans is omtrént verflenter. Albei haar knieë loer deur gate vir hulle.

"Kan ek vir oom-hulle iets aanbied om te drink? Ongelukkig het ek net wyn in die fridge."

"Dit sal lekker –" begin Vasie, maar Hans onderbreek hom vinnig: "Baie dankie, maar ons drink nie in werksure nie."

Vasie brom onderlangs dat dit nie kwaad sou doen om die "keel vinnig te olie nie", maar Hans ignoreer hom.

Hy gee 'n kuggie ter afskop van sy rede. "Stoffelina, ons verstaan dat jy namens Javel Davel oproepe van beleggers beantwoord het?"

Sy knik. "Ek het, maar of dit beleggers was, weet ek nie. Javel het my nooit vertel wie hom phone nie." Sy beduie na die hoek van die vertrek. "Javel het daar vir my 'n landline ge-install en vir my 'n papier gegee waarop hy drie different versions neergeskryf het van waar hy kamma is. My job was net om een van die versions af te lees en dan die inbeller se nommer vir hom te gee. Dan het hy die persoon kom terugbel hier in my flat."

"Was jy daarvan bewus dat hy 'n spekskieter van faam is?" vra Hans.

Stoffelina rek haar oë groot. "'n Skieter! Nee, daarvan weet ek niks. Wie't hy geskiet?"

"Hy het niemand geskiet nie. Ek bedoel eintlik of jy geweet het hy hou hom met skelmstreke besig?"

Sy skud haar kop wild. "Nee, oom?! Hy het vir my gesê hy is besig met 'n legit investment project. Ek het maar eers verlede week by van my tjomme gehoor dat hy eintlik 'n con man is."

Dit is vir Hans duidelik dat Stoffelina nie 'n slaaf van die koerant of enige ander nuusbron is nie. Sy moet nog in 'n dwaling verkeer oor die omvangrykheid van die Davel-slenter.

"Hoe het dit gekom dat hy hier 'n landlyn kom installeer het en jy sy oproepe moes beantwoord?" vra Maatjie.

Sy beduie na die oorkantste muur. "Hy was my buurman in die flat hier langsaan. Toe hy hoor ek het my job by die massage parlour verloor, het hy vir my die vacant position as sy phone operator geoffer. My heel goed gepay ook."

Betaal met beleggers se geld, dink Hans met wrewel.

"Ek neem aan hy bly nie meer hier nie?" vra Vasie.

"Nee, oom. Hy is sak en pak weg. Net op 'n dag hier ingekom, sy foon unplug, gevat en gesê sy investment project is nou afgehandel. Hy het my darem vooruit gepay vir 'n maand." Sy huiwer 'n oomblik. "Het oom-hulle nie dalk 'n werk vir my by Shitlock Holmes nie?"

Hans help haar nie reg nie. "Nee, by Shitlock beantwoord ons sommer self ons fone."

"Weet jy waarheen hy is?" spring Vasie hom met die allerbelangrikste vraag van die dag voor.

Sy trek haar skouers op. "Hy het nie gesê nie. Net met daai rooi Merc sports model van hom hier weggery."

Vasie en Maatjie kreun.

Hans sug. Die swerkater het natuurlik gelieg oor die "poelkarretjie". Hy het daai rooi gevaarte ook met ander mense se swaarverdiende spaargeld aangeskaf.

Daar is nie veel meer te vra nie, besef Hans en kom orent uit die rusbank. Hy bedank Stoffelina vir haar samewerking.

Vasie bly sit. "Is ek darem nou dors, hoor! 'n Koue sopie of twee behoort die innerlike lekker te verkwik."

Hans trek hom aan sy baadjiemou op. "Jy kan by die ouetehuis gaan water drink."

"Ouetehuis?" wil Stoffelina met 'n frons weet. "Ek dog oom-hulle werk in 'n office."

Hans kan sy tong afbyt dat hy so 'n glips begaan het, maar hy herstel gou en forseer 'n verleë laggie uit. "Sommer my bynaam vir ons kantoor."

Ondanks die feit dat hy Stoffelina gou as 'n stomp griffie geïdentifiseer het, lyk sy nie oortuig met dié verklaring nie. Sy knipoog vir hom. "Nè?"

Hans verkies om nie verder kommentaar te lewer nie.

Hy besef opnuut as hy sy lyf speurder wil hou, moet hy eers

'n gedagte goed in die mond rondspoel voor hy dit oor sy tong laat rol.

Versigtigheid bly immers die moeder van wysheid.

## 12

Hans is vanoggend vroeg uit die kooi. Sedert hulle twee dae gelede by Stoffelina aan't woonstel was, wil die vraag hom nie laat los oor waar Davel hom kan bevind nie.

In gisteroggend se koerant het dit geblyk dat Davel nie alleen bejaardes van Hermanus verkul het nie, maar dat hy ook 'n wyer draai in die Overberg gemaak het as wat daar eers gereken is. Oues van dae in Bettysbaai, Onrus en Kleinmond het ook goeie geld in Davel Investments weggegooi.

Hans het dié dorpe ook op die kaart aangestip. Die kringetjies wat hy om die slagoffer-bestemmings getrek het, wil 'n duidelike patroon laat vorm aanneem. Met die uitsondering van die grootste deel van die Weskus, dra die res van die Wes- en Noord-Kaap Davel se slenterspoor. Hans verwag dat Weskus-dorpe ook binnekort van hulle gaan laat hoor, want die pad van Namakwaland terug Kaapstad toe loop immers deur daardie streek. En die fariseër sal hulle beslis nie oorslaan nie.

Dit laat Hans met 'n netelige vraagstuk. Hoe gaan hy Davel jaag as hy na die noorde van die land uitgewyk het? Of selfs sy ontvlugtingsvesting in 'n buurland gaan staan en maak het? Met soveel geld in sy sak kan hy beamptes by grensposte maklik omkonkel om hom onwettig in te laat.

Die koerantseuntjie se oggendklop aan sy venster onderbreek Hans se gedagtes. Hy neem gretig die koerant en gee vir die seuntjie sy stuiwer. Hoe lank hy nog die koerant sal kan bekostig, weet Hans nie. Sy oorblywende leefgeld raak nou so min soos die swart onder iemand se nael.

Hans se oë skeer oor die voorblad. Die blokkie in die boonste hoek eis sy aandag op. Daar is 'n klein gesigfoto van Stoffelina en 'n kort opsomming van wat lesers kan verwag: *Lees op bladsy 3 hoe 'n jong vrou ook die slagoffer van Javel Davel se skelmstreke was.*

Hy slaan die koerant op bladsy drie oop. Die helfte daarvan word gewy aan Stoffelina se storie. Hy lees die berig met aandag, maar besef gou dat daar niks nuut uit die kas getuimel het nie. Dit is alles inligting wat sy reeds aan hom en sy maats toevertrou het.

Maar die derde laaste paragraaf laat Hans kiertsregop in sy gemakstoel sit.

*Me. Hanekom het genoem dat 'n private speurfirma by haar woonstel aangedoen het met navrae oor Davel se bewegings. Dié firma, met die ongure naam Shitlock Holmes Private Investigations, het beweer dat hulle ook nou die saak amptelik ondersoek. Volgens me. Hanekom was die drie manlike speurders "baie, baie oud" en vermoed sy dat hulle vanuit 'n huis vir bejaardes opereer.*

*Kaptein Spiertjies van Staden, die Valke se hoofondersoekbeampte in dié saak, sê hierdie inligting kom as 'n groot verrassing vir hom. "Daar is geen geregistreerde private speurfirma met daardie onkuise naam nie. Hulle beweeg op dun ys. Dit is teen die wet om sonder spesiale toestemming van die polisiekommissaris jou neus in 'n SAPD-ondersoek te steek. Oortreders kan swaar tronkstrawwe opgelê word, verál diegene wat hulle voordoen as private ondersoekers."*

*Kaptein Van Staden het weer 'n beroep op mense gedoen om hom te kontak indien hulle enige inligting het oor waar Davel hom bevind.*

*"Ons is afhanklik van die gemeenskap se samewerking om hierdie saak op te los."*

Hans skrik hom uit lit toe sy kamerdeur dawerend oopbars. Liesbet kom ingestoom asof die duiwel agter haar is, met Vasie en Maatjie kort op haar hakke.

"Ek het nou net die berig oor die Hônekom-vrou op my komper gelees, Hôns," sê sy uitasem.

Liesbet is wasbleek, met sweetdruppels wat op haar voorkop uitpêrel sodat sy ooreenkomste toon met iemand wat 'n hitte-beroerte beleef. Vasie en Maatjie lyk self of hulle traumaberading nodig het.

"Ons kôn swôr tronkstrôwwe opgelê word –"

"Ek het dit klaar gelees, Liesbet," onderbreek hy haar en hou die koerant omhoog. "Nie nodig om oorstuur te raak nie. Ons het nooit ons name aan Stoffelina onthul nie. Niemand sal 'n vinger na ons wys nie. Dié beriggie is niks meer as 'n aardbewing in 'n mishoop nie."

Liesbet knik teensinnig. "Môr lôt dit dôn vir ons 'n les wees. Nooit môg ons weer by hierdie sôk betrokke rôk nie. Ons sôl dit in die toekoms ôn die polisie móét oorlôt."

"Dis nie almiskie nie," sê Vasie.

"Ek stem saam," sê Maatjie.

Hans is effe teleurgesteld in sy makkers dat hulle vlerke so gou hang. Dít net omdat daar 'n vae moontlikheid bestaan dat hulle onder die spitsroede kan deurloop. En wat sal nou so erg daaraan wees om op hulle ouderdom tronkstraf uit te dien? Dit sal immers nie dekades agter tralies beteken nie. Drie, vier jaar voor hulle in elk geval lepel in die dak steek.

Maar om die vrede voorlopig te bewaar, knik hy in Liesbet se rigting, al gaan dit wurg-wurg. Dit help nie om hardekop te bly as hy nie die ander se steun het nie. Dit gaan wees soos om 'n bok sonder kruit te probeer skiet.

Hy weet egter dat dit nie in Hans van Kraaienburg se aard sit om die wapen gedweë neer te lê nie. Hy het nog nooit die wit vlag só gou en maklik gehys nie.

En hy is ook nie van plan om dit nou te doen nie. Javel Davel se akker mag nié ongekraak bly nie.

# 13

Hans het die hele nag soos 'n haas met een oog oop geslaap. Noudat sy makkers sy Davel-plan in die water laat val het, omarm hy verskeie ander taktiese gedagtes. Maar hy moet ruiterlik erken dat hy besig is om lugkastele te bou. Daar is tog geen manier waarop hy hom as 'n polisieman kan vermom en die wye vlaktes invaar op soek na Davel nie.

Nou, terwyl Hans heen en weer voor die roosbedding in die tehuis se tuin stap, is hy diep in gedagtes versink. Al die kamers van sy brein is ingespan om sy kop bymekaar te hou. Dit gaan nét van hom afhang om met 'n werkbare plan vorendag te kom, want die kraaie gaan nie vir hom die uintjie bring nie.

Dan kry hy 'n gedagte wat hom viervoet langs 'n tuinkabouter laat vassteek. Die woorde wat hy 'n ruk gelede gebesig het, weergalm in sy ore: *Maar elke bobbejaan het sy krans, Vasie. Hy sal op 'n plek wegkruip waar hy tuis en veilig voel.*

Hans verspil nie 'n verdere sekonde nie. Hy stap met soveel drif terug tehuis toe, dat hy hom 'n paar keer uit sy slip-ons begewe. Hoekom het hy nog nie daaraan gedink nie? Sherlock Holmes sou nie so 'n ooglopende teken misgekyk het nie.

By die voordeur draai hy skerp regs en suiker met soveel spoed as wat sy vier-en-negentigjarige bene toelaat in Gang Drie af. Sy bly op die punt, weet hy. Hy klop met ingehoue asem aan die deur. Daveltjie maak blykbaar nie oop as sy met haar joga besig is nie.

Hy is verlig toe die deur wel oopgaan.

"Het jy 'n paar minute vir my?"

Sy knik en nooi hom in.

Hans merk dat sy reeds in haar pienk joga-leotard geklee is. Hy was net betyds.

Hy gaan sit op die stoel wat sy vir hom aanbied, en sy op die bed, met gekruiste bene in 'n joga-posisie wat Hans al in brosjures gesien het.

"Ek wil net 'n navragie oor Javel by jou doen," begin hy.

Daveltjie snork. "Daai klein bedrieër het gemaak dat al ons Davels nou die kainsmerk dra. Sy pa is uit die kerkraad geskors en party van my beste vriendinne groet my nie eens meer nie."

Hans vermoed dit is ou Nella en Wieletjies, want in 'n stadium was hulle hand op die blaas met Daveltjie.

"Dit is baie gemeen van hulle," sê hy om 'n gees van toegeneentheid te skep.

"Wat wil jy van Javel weet, Hans?" vra Daveltjie en kyk op haar horlosie. "Ek het nie die wêreld se tyd nie."

"In watter deel van die Kaap het hy grootgeword?"

"Hier in Parow. Die gesin het al die jare net 'n paar blokke af in die straat gebly. Maar sy pa en ma het later, toe die kinders uit die huis is, uitgewyk Panorama toe. Hulle bly nog steeds daar."

Hans besef dit is nie die antwoord wat hy soek nie. Javel is te uitgeslape om in hierdie omgewing te skuil. Dis veels te na aan die vuur.

"Het die gesin gereeld vakansie gaan hou?"

"O ja, vir my neef was daar net een plek en dis die Weskus. Hulle het tydens elke denkbare vakansie of langnaweek met karavaan en kroos soontoe gepiekel."

Hierdie inligting laat die skaal vir Hans oorslaan. Hy wil soos Senter Venter 'n agteropskop van blydskap gee. Sou dit die rede wees waarom daar nog nie koerantberigte was oor Davel se slenterstreke aan die Weskus nie? Dat hy daardie streek oorgeslaan het om dit later as 'n veilige wegkruipbestemming te kan inspan? Op 'n plek waar hy van kindsbeen af tuis gevoel het?

"Het die gesin spesifieke gunsteling-uitspanplekke aan die Weskus gehad?"

"Nee, altyd maar so kuslangs op verskillende plekke uitgekamp. Ek dink nie daar is 'n dorp wat hulle oorgeslaan het nie. My neef het altyd gesê daardie hele streek is sy vakansiewoning."

Dit is nie wat hy wou hoor nie, maar dit plaas nog nie 'n domper op sy geesdrif nie. "Het hulle ooit so ver opbeweeg as Namakwaland?"

"Nee, soos ek kan onthou, het hulle nooit daardie deel besoek nie."

"Baie dankie vir jou kosbare tyd, Daveltjie," sê hy en staan op.

Hans is soos 'n vetgesmeerde blits terug in sy kamer. Hy is so seker soos amen in die kerk dat sy afleiding reg is, maar hy sal dit eers op die proef moet stel voor hy sy makkers kan oortuig.

Hy moet laag buk om onder in sy hangkas by te kom. Dis waar die pakke korrespondensie is wat hy tydens die Van Dussenbeleg vergaar het. Hy is bly hy het dit nog nie weggegooi nie.

Hy gaan sit op die bed en begin naarstig deur die dokumentasie blaai. Net toe hy begin vermoed dit het tussen vinger en duim weggeraak, kom hy tot sy verligting op die lys af.

Hans blaas 'n stoflagie van die vel papier af en bekyk dit met genoegdoening. Dit is 'n volledige lys van al die Kaapse ouetehuise en oorde vir bejaardes se telefoonnommers. Matrone Van Dussen het dit destyds aan hom oorhandig in een van haar vele desperate pogings om van hom ontslae te raak. Sy het gehoop dit vuur hom aan om 'n ander blyplek as Huis Madeliefie te kry.

Hy staan op van die bed en haal die landkaart versigtig van die hangkas se deur af. Met die kaart as kruisverwysing, omkring hy met sy gholfpotloodjie elke Weskus-ouetehuis en -oord vir bejaardes op die telefoonlys.

Hy wikkel sy selfoon uit sy sak en gaan sit met die lys op sy skoot in die gemakstoel. Nou sal hy hierdie foontjie blouwarm moet bel.

Net toe hy die eerste syfer inpons, lui sy foon.

Carla, sien hy op die skerm.

Hy oorweeg om dit te laat aanhou lui, maar besluit daarteen. Hy antwoord nooit meer haar oproepe nie. Dit kan die kind allerlei vermoedens laat kry.

Hy antwoord dus maar.

Sy klink nie na haar opgewekte self nie. "Hoekom kry mens Pappie deesdae nooit in die hande nie? Dis asof Pappie my vermy?"

"Ek vergeet om my selfoon by my te hou," lieg Hans gladweg. "En dan gee die ding nog probleme ook, want hy breek heeltyd op. Die seine hier by die tehuis is nie goed nie."

"Daar was nooit voorheen probleme met julle ontvangs nie. Die fout moet by die foon lê. Pappie moet net sê, dan kan ons kinders vir Pappie 'n nuwe een koop."

"Dis nie nodig nie."

Sy gee 'n laggie. "Ek is eintlik maar net nuuskierig. Pappie het nog nie vir my gesê wie die siele by julle is wat vir daardie Davel-jakkals se streke geval het nie."

Hans verstar. Dié kind van hom ken eenvoudig nie einde nie. Dalk moet hy hom doof hou? Nee, dit is nie die oplossing nie, besef hy. Sy sal hom dan verpes om by die oorkliniek aan te meld.

"Pappie, is Pappie daar?"

"Ja . . . dink . . . suk . . . dom . . . blang . . . okker . . . skem . . . arie."

"Ag nee, daar breek Pappie al weer op!" roep sy uit.

Hans trek die foon oor die stoelleuning se growwe oortreksel om die persepsie van swak ontvangs verder suurstof te gee, en druk dit dan dood.

Hy pons die nommer van die eerste ouetehuis so vinnig in as waartoe sy vingers in staat is. As Carla weer bel, sal sy hoor dis beset en dit hopelik toeskryf aan 'n tegniese fout.

## 14

Hans se selfopgelegde taak het die grootste deel van die oggend en middag in beslag geneem, maar dit was die moeite werd. Hy is bly hy het gebel. Nou het hy minstens een voël in die hand, wat beter is as tien in die lug. Sy makkers sal dit dus nie as wensdenkery kan afmaak nie.

Hy het tydens aandete gevra dat Liesbet, Vasie en Maatjie na sy kamer kom. "Ek het 'n interessante brokkie inligting om met julle te deel," het hy die geelwortel uitgehou.

Nou, nadat sy tehuisgenote hulle op die gemakstoel en sy bed tuisgemaak het, skraap Hans sy keel om hulle toe te spreek, wat hy in 'n staande posisie gaan doen om die impak van wat hy op die hart het te verhoog.

"Ek het my grondwerk oor Javel Davel vandag afgehandel," kondig hy aan.

Hy kan sien dat dié stelling sy maats se belangstelling prikkel. Vasie hou op om met sy duime te speel, Maatjie staak sy neuskrappery en Liesbet verskuif haar blik van haar armbande na hom toe.

"Ek het vandag elke liewe ouetehuis en oord vir bejaardes aan die Weskus gebel, met die uitsondering van die Namakwalanddistrik. Volgens die koerant het Davel sy skelmstreke ook daar uitgehaal." Hy bly 'n wyle stil om die effek te verhoog van wat hy volgende gaan sê. "Maar uit my navrae vandag in Langebaan, St. Helenabaai en Vredenburg, om maar net 'n paar plekke uit my geheue op te roep, was dit duidelik dat die vos nie sy passie daar gepreek het nie. Davel Investments lui nie eens 'n klokkie by senior burgers van daardie streek nie, en almal se geld is nog veilig in hulle spaarbussies."

Liesbet en Maatjie staar hom so onbegrypend aan asof hy 'n frase uit 'n Griekse digbundel voorgelees het, maar die flikkering in Vasie se oë dui op 'n gloeilampie wat iewers in 'n breinlob aangaan.

"Sê ek vir myselwers dit dui net op een ding: Davel kruip in daardie geweste weg," maak Vasie die afleiding waarop Hans gehoop het.

"Korrek," sê hy.

Liesbet skud haar kop. "Dit sê nog niks. Hy het buiten vir die Wes-Kôp ook nie in die res vôn die lônd sy jôkkôlsdrôie gegooi nie. Vir ôl wôt ons weet, sit hy hoog en droog in Johônnesburg."

Hans glimlag, gereed om sy troefkaart te speel. Hy vertel hulle van sy gesprek met Daveltjie, en hou dan sy wysvinger dramaties omhoog. "Dit dui net op een ding. Hy het daardie streek oorgeslaan met die uitsluitlike doel om later daar te gaan laag lê. Hy het 'n vesting uitgesoek waar hy tuis en veilig voel."

Hy kan aan die uitdrukkings op sy gehoor se gesigte sien hoe die wiele in hulle koppe draai.

"Jy's reg, Hôns!" roep Liesbet uit.

"Dis nie almiskie nie," laat Vasie van hom hoor.

"In die kol! In die kol!" bevestig Maatjie sy gevoelens met buitengewone oorgawe.

Hans vryf sy hande geesdriftig teen mekaar. "Dit maak dus sin dat ons in daardie streek 'n draai gaan maak."

Dié keer kry Hans nie die reaksie waarop hy gehoop het nie.

Liesbet is skielik rooi in die gesig. "Onder geen omstôndighede nie, Hôns! Soos jy self weet, kôn ons swôr strôwwe opgelê word ôs ons ons inmeng met 'n polisie-ondersoek."

"Ek sekondeer," sê Maatjie.

Vasie knik ook ewe, kennelik omdat die vooruitsig van tronkstraf ook swaar by hom weeg.

Hans se koppigheid skop in. "Dan gaan ek maar op my eie."

"Nee, jy gôn nié, Hôns! Jy gôn nóú die polisie bel en dôrdie inligting vir hulle gee," sê Liesbet beslis. "Ônders bel ek hulle self."

Hans se hart sink in sy skoene.

"Dis aand. Spiertjies gaan nie meer op kantoor wees nie," gooi hy wal.

"Volgens die koerônt kôn jy hom enige tyd vôn die dôg of nôg by dôi nommer skôkel."

"Dit sal die verantwoordelike ding wees om te doen, Hans," gee Maatjie sy steun aan Liesbet.

Hans haal die selfoon teensinnig uit sy sak.

"Gee hier," beveel Liesbet, "lôt ek die luidspreker ônsit sodôt ons ôlmôl kôn hoor wôt hy sê."

Hans bel.

Spiertjies antwoord en Hans verduidelik wie hy is. Hy vertel hom wat sy gevolgtrekking is na aanleiding van sy eie kaartnavorsing en Daveltjie se storie.

Dit klink vir Hans of die man gaap. "Ja, ons kry maar gereeld vals berigte oor waar Davel hom bevind."

Hans se ontsteltenis hamer meteens in sy slape. "Maar kaptein, hierdie feite van my kan tog nie benede jou aandag wees nie! Dis beslis ook nie vals nie."

"Dis g'n feite nie, maar bloot bespiegelinge, meneer Van Kraaienburg. Jy verwag tog nie dat ek en my eenheid nou sommer net moet opruk Weskus toe nie? Dit terwyl ons met 'n twintigtal ander dossiere op ons lessenaars sit, waarvan 'n hele paar moordsake is."

Hans keer homself net betyds om sy bek vir Spiertjies uit te brand.

"My raad aan jou is om kalm te bly, meneer Van Kraaienburg. Die polisiekommissaris maak binnekort 'n aankondiging oor die Davel-saak, waarna sy doppie vinnig geklink sal word."

"Wat is dít nogal?"

Weer klink dit of die kaptein gaap. "Hou net die pers dop."

Toe Hans aflui, kyk hy na sy maters. "Daar het julle dit nou. Ek het my kruit verspil. Spiertjies jaag moordenaars, nie swendelaars nie."

"Nee wôt, Hôns. Hy het mos gesê dôr kom binnekort 'n deurbrôk."

Hans snork. "Wanneer is 'binnekort'? In die jaar nul wanneer die hingste vul?"

## 15

Sedert Hans se telefoongesprek drie dae gelede met Spiertjies van Staden, is dit asof iemand 'n skaduwee oor sy gemoed gewerp het. Hy het probeer kophou, maar dit was tevergeefs. Hy loop rond soos 'n hen wat nes soek. Dat hy vir die eerste keer in sy bestaan nie sy gedagtes kan orden nie, is nou maar eenmaal so.

Wat verder bydra tot hierdie onuithoudbare gemoedsbeklemming wat hom beethet, is dat hy amper geen duit meer besit nie. Gister het hy sy laaste leefgeld op tandepasta en skeerroom uitgegee. As dit opgebruik is, sal hy maar bebaard en stinkasem die toekoms moet ingaan.

Die laaste paar los munte in sy sak is net genoeg om nog vanoggend se koerant te koop. Om alles te kroon, het sy transistortjie se batterye gisteraand die gees gegee, wat hom ook van radionuus ontneem. Van môre af sal hy daarmee vir lief moet neem dat hy voortaan so min van wêreldgebeure gaan weet as 'n bobbejaan van godsdiens.

Hans spring uit sy gemakstoel op toe die koerantseuntjie aan sy venster klop. Hy betaal die seuntjie en noem dat hy "tot verdere kennisgewing" nie weer by hom hoef af te lewer nie.

Hy gaan sit weer op die gemakstoel en slaan die koerant oop. 'n Stoepstorie op die voorblad vang sy oog, met die opskrif: *Groot beloning uitgeloof vir inligting oor Davel.*

Hans lees dat die polisiekommissaris R150 000 uitloof aan

die persoon wat die polisie van inligting kan voorsien oor waar Davel hom bevind. Die beloning sal slegs betaal word as sodanige inligting tot Davel se inhegtenisneming lei.

Die kommissaris draai ook nie doekies om oor wat die inligting moet behels nie.

*Die adresbesonderhede van waar presies Davel hom bevind, sal 'n vereiste wees. Kansvatters wat vae of onjuiste besonderhede verskaf, kan hulself blootstel aan ernstige vervolging.*

'n Beroering golf deur Hans se gemoed. Hierdie nuus het uit die wolke geval. Dis 'n geleentheid wat hy by die hare móét gryp. Hy sal moet kophou en vinnig tot aksie oorgaan, want 'n stadige gans verbeur sy kans.

Hy sien op sy horlosie hy het bykans tagtig minute om voor ontbyt sy dolosse agtermekaar te span, want die byeenkoms sal net ná ontbyt moet plaasvind.

Hans weet daar wag groot uitdagings op hom. Hy sal almal tot rede moet bring. Veral Liesbet sal tot inkeer moet kom. Sy kan dalk die één ketting om sy been wees.

Hy staan op, maak sy kas oop en gryp sy gholfpotloodjie en 'n skoon vel papier.

Soos hy destyds in die korporatiewe wêreld voor 'n belangrike vergadering gemaak het, besluit hy om 'n bondige missieverklaring neer te pen om sy gedagtes te rig. Dan eers kan hy sy argumente begin lys.

Hy dink nie lank voor hy die sinnetjie neerskryf nie. Hy aanskou dit tevrede.

*Missie: Om almal na bloed te laat dors.*

Presies 'n uur en vyf minute later is Hans klaar met sy voorbereiding. Hy is vol vertroue dat almal ná sy weldeurdagte voorlegging gereed gaan wees om die wapen op te neem.

Hy maak sy hangkas se deur oop en beskou die klere tot sy beskikking. Sal onvanpas wees om vandag een van sy gebruiklike safaripakke te dra. Hy wil nie soos 'n klerk lyk nie. Voorkoms is 'n belangrike pyl in enige oorreder se koker, weet hy uit ondervinding.

Hy besluit op sy grys flannelbroek. Buiten sy safaripakke, is dit een van die min oorblyfsels in sy kas van sy dae in die korporatiewe omgewing. Die broekspype is wel buitengewoon wyd, wat nie juis strook met die huidige modetendense nie. Dit behoort egter nie sy teikengehoor met 'n gemiddelde ouderdom van agt-en-tagtig te steur nie.

Met 'n bypassende spierwit langmouhemp, die donkerblou das wat hy jare gelede by die Wolraad as geskenk gekry het en sy donkergrys Hush Puppies aan sy voete, is sy uitrusting mooi afgerond.

Hy druk-druk sy yl hare reg en stryk aan eetsaal toe, steek dan vas om sy selfoon uit sy sak te haal. Hy bel Senter Venter, die enigste lid van hulle spannetjie Davel-slagoffers wat nie hier 'n inwoner is nie. Senter stem in dat hy oor 'n halfuur in die klein saaltjie sal kan aanmeld – sy huis is binne loopafstand van Huis Madeliefie.

Die eetsaal is al vol. Hans is verlig dat Wieletjies en ou Nella by dieselfde tafel sit. Hy wend hom soontoe en dra sy boodskap oor. Albei aanvaar die uitnodiging onvoorwaardelik.

Liesbet, Vasie en Maatjie sit al by Hans se tafel toe hy hom daar aansluit.

"Jinne, Hans, maar jy is vandag uitgevat!" roep Vasie verbaas uit.

"Belangrike sake vereis soms formele drag," antwoord Hans.

Hy kyk na sy ander twee makkers, wie se aandag ná Vasie se opmerking ook nou op hom gerig is.

Hans lig hulle in oor die tyd en plek van die byeenkoms. "Ek wil 'n saak van gewig met julle bespreek."

"Ek hoop nie jy gôn weer op jou Dôvel-wô spring nie," sê 'n fronsende Liesbet.

Hans hou hom doodonskuldig. "Ek wil nou niks verklap nie."

Dis vir hom duidelik dat sy makkers nog nie die nuus oor die polisiekommissaris se beloning onder oë gehad het nie. Dit pas hom soos 'n handskoen, want dit vorm die spilpunt van sy betoog.

## 16

Hans het vinnig ná ontbyt die stoele in die klein saaltjie só gerangskik dat hy die middelpunt van aandag sal wees wanneer hy sy rede in 'n staande posisie lewer.

Die Davel-slagoffers kom op 'n streep in en neem hulle sitplekke in. Senter Venter is die laaste om sy verskyning te maak. Hy kom met 'n denkbeeldige dribbellopie ingestorm en gee 'n allemintige agteropskop voor hy ook sy sit kry.

Hans skraap sy keel verskeie kere voor hy met sy betoog begin. Hy besef daar is nie tyd om in die lug te skerm nie; hy sal vinnig by die punt moet uitkom.

"Geagte medeslagoffers van die Davel-komplot, baie dankie dat julle jul kosbare tyd inboet om vanoggend hier saam te trek oor 'n aangeleentheid wat ons almal diep raak," skop hy af om 'n gees van samehorigheid aan te moedig. Hy hou sy wysvinger omhoog, ook slaggereed om sy inleidende sin met 'n emosiebelaaide en trillende stem oor te dra. "Javel Davel het penne deur ons harte gedryf."

"O my hart, gee my 'n teenmiddel vir die smart!" roep Wieletjies uit.

Hans glimlag. Sy het pas in sy hande gespeel. "Dit is presies wat ek vandag gaan doen, Wieletjies. Ek gaan 'n voorstel opper wat inderdaad as teenmiddel vir ons smart sal dien."

Hy kug, trek sy gesig in 'n bekommerde formasie. "Maar eers die slegte nuus. As die polisie eendag vir Davel vasgetrek het, gaan hy al duisende rande van ons spaargeld bestee het. Dit beteken dat beleggers nie die volle bedrag wat hulle oorspronklik belê het, gaan terugkry nie."

"Mag die josie hom haal," sê Maatjie.

"Ek bid hom 'n gatkramp van enorme proporsies toe," sê Vasie.

Hans knik. "Ek stem saam, maar dit help nie ons skreeu moord en brand nie. Ons móét iets daadwerkliks daaraan doen en so gou moontlik tot aksie oorgaan."

Hans laat laasgenoemde stelling vir 'n wyle in die lug hang sodat dit by sy gehoor kan insink. Almal behalwe Liesbet en Senter knik peinsend. Liesbet staar net na haar beringde vingers. Kennelik is sy nog vol draadwerk. Senter doen opwarmingsoefeninge deur sy kop heen en weer te draai en ligte kaphoutjies teen sy nek uit te voer, wat Hans as 'n positiewe reaksie beoordeel.

Dan skakel Hans sy bekommerde gesig oor na een van blymoedigheid. "Die polisie het intussen 'n indrukwekkende bedrag van honderd-en-vyftigduisend rand uitgeloof vir die persoon of persone wat inligting kan verskaf oor waar Davel hom bevind en wat tot sy inhegtenisneming sal lei."

Sy gehoor trek hulle asems skerp in. Vasie se uitdrukking van algehele blyhartigheid oor hierdie nuus vertel vir Hans dat hy minstens een ondersteuner vir sy plan sal hê.

"Ons kan dus een van twee dinge doen. Eerstens kan ons geduldig sit en wag dat iemand met daardie inligting na die polisie gaan en die beloning vir hom toeëien. Of ons kan self inspring om Davel op te spoor, en só opmaak vir die geldelike verlies wat ons gaan ly wanneer die beleggers eendag terugbetaal word. Deel ons die bedrag van honderd-en-vyftigduisend deur sewe, kry elkeen meer as twintigduisend rand terug. Dit sal darem 'n bietjie olie op ons wonde giet," druk hy op hulle gemoedere.

Hans gaan onverpoos voort, bang dat tussenwerpsels sy wa kan ontspoor. "Ons het natuurlik in hierdie opsig 'n yslike mededingende voordeel bo enigiemand anders." Ter wille van Senter, Wieletjies en ou Nella herhaal hy Daveltjie se inligting oor die Weskus en sy gevolgtrekking oor waarom Davel hom juis in daardie streek sal bevind. "Daarom moet ons nóú inspring om te voorkom dat daardie beloning in die verkeerde hande val."

Sy woorde het die gewenste uitwerking. Ou Nella se instemmende knikke laat haar nek soos 'n Meksikaanse golf van ham tot ham vibreer. Wieletjies glimlag van oor tot oor en Senter spring uit sy stoel op en maak of hy 'n drie druk. Maatjie en Vasie gee mekaar high-fives. Hans kan sien dat hy hulle kop en pootjies by sy plan ingetrek het.

Dis net Liesbet wat haar gesig in die plooi sit. "Hôns, jy het vergeet om te noem dôt ons swôr tronkstrôwwe opgelê kôn word ôs ons ons by 'n polisie-ondersoek inmeng."

Te danke aan die deeglike voorbereiding in sy kamer, is Hans oorgehaal om hierdie kwessie te omseil. "Jou vrese is van alle grond ontbloot, Liesbet. Ons gaan ons geensins voordoen as vaandeldraers van geregtigheid nie. Ons gaan bloot die indruk skep van 'n groepie onskadelike bejaardes wat op 'n jolige toer die Weskus deurkruis om daardie streek se prag en praal te bewonder." Hy gee 'n skalkse glimlag en slaan oor na 'n fluisterstem, maar hard genoeg vir almal om te hoor: " 'n Onskuldige vragie op elke dorp of iemand dalk 'n blonde krulkopman met 'n smal voorkoppie en pap mondjie in 'n rooi Merc-sportmodel gewaar het, sal géén suspisie van 'n wederregtelike ondersoek laat posvat nie."

"Ek sekondeer," sê Maatjie.

"Dit klink na 'n waterdigte plan," kom Vasie se onvoorwaardelike steun, sy oë glinsterend oor die vooruitsig van R150 000.

Wieletjies, ou Nella en Senter dui ook met duime omhoog aan dat hulle inkoop op dié strategie.

Tot Hans se groot verbasing helder Liesbet se gesig op. "Ôs jy dit só stel, is ek ook ten gunste vôn jou plôn, Hôns."

"Jou ou biesiepol!" gee Vasie haar die nodige erkenning.

Hans sê dat hy dit hoog op prys stel dat Liesbet onder dieselfde vlag as hulle die stryd gaan voer. "Eendrag maak immers mag."

Maatjie kug, met kommerlyne wat op sy voorkop uitkring. "Hans, ek wil nou nie 'n speek in ons wiel druk nie, maar hoe gaan ons hierdie Weskus-toer finansier? Ons is almal platsak."

Hans voel hoe die bloed sy gesig verlaat en sy skouers begin hang. Daaraan het hy nooit 'n gedagte geskenk nie, maar hy ruk homself vinnig terug in die liggaamsposisie van 'n leier met 'n duidelike visie deur sy skouers terug te trek, sy ken uit te stoot en te glimlag.

"Jy is reg, Maatjie. Ons kan hierdie huis nie op sand wil bou nie. Ons het inderdaad geld nodig." Hy beduie met 'n uitgestrekte, swaaiende arm na sy gehoor. "Maar met so 'n oorvloed van breinkrag tussen ons klompie, behoort ons teen môreoggend hierdie tyd reeds verskeie voorstelle ter tafel te hê, wat daardie kolossale hindernis na 'n nietigheidjie sal laat lyk."

Die staande applous wat Hans ontvang, oortuig hom dat almal se harte nou op dieselfde plek sit.

Hy sluit die verrigtinge af met woorde wat hy in die dae van die Van Dussen-beleg met groot sukses ingespan het om sy troepe te motiveer: "Ons swaarde is nou aangegord en die vuur is in die gras. Voorwaarts mars!"

## 17

Waar Hans ná middagete 'n tydjie op sy bed vertoef, is hy tevrede met hoe sake gevorder het sedert gister se Weskus-loodsvergadering. Vanoggend se terugvoersessie oor hoe hulle die toer gaan finansier, het verskeie skrander voorstelle opgelewer.

Vasie het aan die hand gedoen dat hulle 'n veiling moet hou. "Sê ek vir myselwers almal van ons het dinge met geldwaarde in ons kamers. Sommige daarvan mag dalk sentimentele waarde inhou, maar dis nou die tyd om dit op te offer in belang van 'n veel groter saak."

Hierdie voorstel is geesdriftig sonder teenstem aanvaar en genotuleer. Daar is ooreengekom dat elkeen by vanmiddag se opvolgsessie verslag sal doen oor wat hy of sy tot die veiling kan bydra. Vasie het aangebied om as die veiling se bemarkingshoof en afslaer op te tree. Sodra hy 'n lys van al die items in die hand het, sal hy die woord oor die veiling in die omgewing versprei. Hans was tevrede met hierdie reëling. Vasie is goed gebek om potensiële kopers te lok.

Ou Nella het aangebied om gebak te berei vir die veiling, wat die veilinggangers uiteraard ook geld uit die sak sal jaag. Gegewe haar status as die "nuwe antie Poppie", behoort dit soos soetkoek te verkoop. En met verskeie borgskappe van Checkers, Snowflake en Sasko ná haar suksesvolle televisieoptredes, sal sy die gebak kosteloos in die oond kry.

Hans het gehoop dat hulle een van die tehuisbussies vir die

toer kan gebruik, maar daardie gedagte het gesneuwel. Hy het Senter Venter as ondervoorsitter van die beheerraad al gister gevra om navraag by die raad te doen oor só 'n moontlikheid. Senter het gisteraand teruggekom met die nuus dat die beheerraad 'n "rooikaart vir die aansoek gewys het". Hulle is nie te vinde daarvoor dat inwoners tehuisvoertuie vir plesierritte inspan nie.

Wieletjies het egter onderneem om navraag by vriende van haar in die tweedehandsemotorbedryf te doen oor die beskikbaarstelling van 'n bussie. As destydse eienaar van Wieletjies Tyre Mecca in Brakpan, het sy talle kere breë tekkies Kaap toe versend en só kontakte in veral die Kraaifontein-area opgebou.

Maatjie, die ewige pragmatis, het gesê dat hy 'n groot tent sal probeer opspoor, want hulle gaan nie die luukse van oornagverblyf in hotelle of gastehuise kan bekostig nie. Bowendien gaan daar nie slaapplek vir sewe mense in 'n bussie wees nie.

Hans sien op sy wekker dit is amper tyd vir hulle opvolgsessie. Hy neem die lysie van items wat hy vir die veiling beskikbaar sal stel en maak die kamerdeur agter hom toe.

Die klein saaltjie is reeds bevolk met die res van die Davel-slagoffers toe hy instap. As verkose leier van die Weskus-sending, neem hy die stoel aan die hoof van die tafel in. Hy raadpleeg gou die agenda wat hy opgestel en waarvan hy tydens middagete afskrifte onder die ander versprei het.

"Reg, ons begin met die items wat ons vir die veiling bewillig," open hy die samekoms amptelik. Hy lees sy items af: "'n Underwood-tikmasjien, skryftafeltjie, staankluisie, Parker-inkpen, Victorinox-biltongknipmes, wintersjas, safari-kortbroekpak en 'n paar oprygstapstewels uit my jeug."

Ou Nella bewillig drie van haar treffer-kookboeke, 'n ou

Bernina-naaimasjien met outomatiese spanningskontroles, twee Fuller-haarborsels en tien bloomers wat deesdae te knap aan haar sit. Laasgenoemde skenking laat Vasie oorleun en in Hans se oor fluister: "As ons daai spul bloomers aanmekaar laat stik, het ons klaar 'n groot genoeg tent."

Liesbet se lysie behels 'n gepatenteerde Ever Hot-teestelletjie, ses Singer-plate van die Briels, 'n Westinghouse-strykyster, sewe armbande en 'n "môgdom" krale.

Maatjie doen afstand van sy rare versameling miniatuurdrankbotteltjies, twee bellbottom-langbroeke, Kommando-sigaretaansteker, twee sakrekenaartjies uit sy boekhoudae en 'n stel Van Heusen-boordjies en -mansjette.

Vasie skenk 'n Van Dyk-polshorlosie, sy Primarius-troupak "wat net motte in my kas trek", en verskeie kruisbande, manskousrekke en aandserpe.

Wieletjies bewillig haar Pye Cruiser-radio met sestien verskillende toonposisies, 'n jakkals-skouerpels, drie akkordeonplooi-broekies wat sy nog nooit gedra het nie, asook tien asbakkies in die vorm van motorbande wat haar onderneming destyds aan klante uitgedeel het.

Senter, wat sy lysie aflees terwyl hy diverse bewegings met sy arms uitvoer, skenk die Springbok-trui waarin hy die wendrie in die beslissende toets teen die Leeus van 1968 gedruk het, twee knieskerms, 'n skrumpet wat aan Johan Claassen behoort het, en stelle rugbykouse van Wes-Transvaal, die Griekwas, Noordoostelike Distrikte en die SA Barbarians. Hy noem dat hy laasgenoemde kouse teen 1963 se Wallabies gedra het in 'n wedstryd waarin hy ná 'n fopskêrbeweging met Hasie Naude onder die pale gaan kuier het.

Vasie is hoog in sy noppies met dié items en verklaar onomwonde dat die veiling se opbrengs nie net hulle petrolgeld en kos behoort te dek nie, maar dat daar ook geld vir 'n paar botteltjies raaswater sal oorbly.

Die tweede punt op die agenda het Hans neergepen as: *Bussie – Wieletjies*. Dit gaan 'n deurslaggewende punt wees, besef hy. Sonder wiele is die toer doodgebore.

Wieletjies gee egter 'n bemoedigende glimlag voor sy verslag doen. " 'n Ou vriend van my by Kraaifontein Used Cars het 'n Volkswagen-kombi bewillig op voorwaarde dat sy onderneming se naam op die bakwerk geverf word."

"Is dit van hierdie nuwe kombi's?" vra Maatjie belangstellend.

Wieletjies lyk effe verleë. "Nee, dis 'n 1979-model, maar haar enjin en gearbox is onlangs oorgedoen en sy het nuwe tekkies op."

"Dis absoluut wonderlike nuus!" roep Hans uit voor iemand 'n negatiewe opmerking oor die voertuig se ouderdom kan maak. Hy het juis gesien Vasie se onderkaak bewe liggies, wat gewoonlik daarop dui dat iets kwetsend uit sy mond kan kom.

Die derde en laaste punt op die agenda is: *Tent – Maatjie*.

Maatjie skud sy kop. "Die slegte nuus is dat ek geen tent kon opspoor nie. 'n Vriend van my wat 'n hoë posisie in die Bellville-tak van die Voortrekkers beklee het, iets soos 'n veggeneraal of veldkornet, het sy reusetent onlangs verkoop." Maatjie glimlag. "Maar ek het darem ook redelik goeie nuus. 'n Familielid van my in Brackenfell stel sy karavaan tot ons beskikking."

"Fantasties!" gee Hans hom lof. Hy frons. "Maar hoekom noem jy dit 'redelik' goeie nuus? Dit klink vir my na 'n uitsonderlike deurbraak."

Maatjie kug. "Wel, die karavaan het die afgelope twee jaar as 'n hoenderhok gedien. Maar as ons bereid is om die ding skoon te maak, is dit ons s'n. Volgens my familielid is hy andersins ten volle operasioneel en padwaardig."

Hans knik. "Dan gaan maak ons hom skoon."

Met die bedelstaf in die hand kan hulle nie bekostig om hulle neuse vir 'n bietjie hoendermis op te trek nie, besluit hy.

## 18

Hans val uitgeput op sy bed neer. Sy fut is vanaand behoorlik uit. Ná 'n rondrollery het hy al vanoggend vieruur wakker geskrik. Skoon kiertsregop in sy bed gesit namate die gedagte in sy kop vorm aangeneem het.

Behalwe vir Senter Venter, op tagtig verreweg die jongste lid van die slagoffer-sewe, het nie een meer 'n bestuurslisensie nie. En met dié dat Senter verskeie kenmerke toon van iemand wat nie al sy varkies op hok het nie, gaan hulle tussen Farao en die Rooisee met hom aan die stuur van 'n afgeleefde kombi wees.

Hulle kan vir die ongeluk gebore wees as Senter van sy bekende bewegings agter die stuurwiel uithaal. Die kombi en karavaan kan al systappend teen 'n afgrond aftuimel. Of in 'n plettervat teen 'n aankomende voertuig verbrysel word. Om nie eens te dink aan die gevolge van 'n rolmaalbeweging soos wat Senter so graag naboots nie. En hoeveel gapings gaan hy nie probeer slaan in druk verkeer nie?

Hans kon nie weer 'n oog toemaak nie en was reeds geestelik uitgeput toe hy en Maatjie ná ontbyt aantree vir hulle busrit Brackenfell toe. Hulle was gelukkig om goedkeuring van die beheerraad te kry om van Kleinboet en die tehuisbussie se dienste gebruik te maak. Dit nadat Hans hulle sending soontoe onder 'n vals voorwendsel gemotiveer het. Hy het aangevoer dat hulle 'n paar sakke gratis hoendermis by 'n weldoener in

Brackenfell gaan afhaal, wat in die tehuis se roosbedding vir bemesting gebruik kan word.

Gewapen met bottels ontsmettingsmiddel, boerseep, twee moppe, drie besems, vier emmers en 'n skopgraaf – alles items wat Kleinboet goedgunstiglik uit die tehuis se stoor gekaap het – is hulle vroegoggend Brackenfell toe.

Daar gekom, het die toestand van die karavaan hulle lamgeslaan. Daar was genoeg hoendermis om 'n paar rugbyvelde mee te bemes. Net waar jy kyk, het dik lae mis die vloer, mure en dak bedek. Die aantal vere in die plek sou ook 'n hele paar veerkomberse kon vul. Om nie eens te praat van die stukkende eierdoppe, hopies hoenderkos en veral kruipende goggas wat seker op elke bladsy van 'n insekte-ensiklopedie gevind sal kan word nie.

Ná net 'n halfuur se gewas, geskrop en geswets, het Maatjie al krappend van die vlooibyte en met 'n spatsel hoendermis op die wang en vere wat aan een wenkbrou en sy onderlip kleef, verklaar dat dit "die morsigste hoenders is wat ek nog in my lewe teengekom het".

"Ja, Leghorns bly maar varkerige wettertjies," het Kleinboet sy stuiwer in die armbeurs gegooi terwyl hy met 'n skopgraaf 'n lading mis in 'n sak werp.

Hans het vooraf gehoop dat hulle hierdie taak binne 'n uur of twee sal kan voltooi, maar hy het die veld wat hulle moes bestryk ernstig onderskat. Teen drieuur die middag was die karavaan eers redelik sonder smet of vlek. Toe moes hulle nog 'n uur wag vir die vier karavaanbeddens se geskropte skuimrubbermatrassies om in die son droog te bak.

Hulle het met Maatjie se familielid ooreengekom dat hulle

die karavaan binnekort sal kom haak, maar hy het aangebied om dit by die tehuis te besorg.

Met uitgeputte liggame en ses groot sakke mis vir die roosbedding in die bussie se bak, het hulle eers skuins voor vyf by Huis Madeliefie aangekom.

Hans se planne om te gaan stort en dan op die stellasie te klim, is deur Vasie verydel, wat hulle ingewag het. Hy het hope handgeskrewe pamflette en rolle kleefband in hulle hande gestop.

"Kêrels, julle sal hierdie pamflette oor die veiling op elke moontlik lamppaal in die omgewing moet aanbring."

"Wat doen julle ander dan?" het Hans vies gevra terwyl hy 'n paar vere van sy broekspype afklap.

Vasie het sy wange verontwaardig ingetrek. "Ek het al vandag pamflette by elke winkel, kafee en kroeg in die omgewing versprei. Liesbet is nog pal besig om nuwes uit te skryf. Ek gaan haar volgende besending nou-nou by die mall loop opsit. Ou Nella is besig met voorbereidings vir haar gebak in die kombuis en Senter Venter versprei pamflette by die sportklubs. Wieletjies is na Kraaifontein Used Cars om seker te maak die kombi is padgereed en toegerus met 'n sleephaak vir die karavaan."

Hans het nederig om verskoning gevra dat hy sy kollegas van sloerdigheid verdink het. Hy en Maatjie het toe op hulle apostelperde geklim en die strate gevat.

En nou, vier uur later, kan hy hom eers op sy bed neervly.

Ondanks die voltydse gejeuk van vlooibyte, val hy binne minute in 'n diepe slaap.

Hans droom van Senter wat 'n fopskêrbeweging met die kombi en karavaan op 'n smal bergpas uitvoer.

## 19

Toe die laaste besoekers die tehuis se onthaalsaal verlaat, waar die veiling gehou is, is Hans en sy makkers bruisend opgewonde oor hoe klinkstiebeuel die verrigtinge verloop het. High-fives word links en regs uitgedeel.

Buiten vir ou Nella se tien bloomers, Wieletjies se akkordeon-plooi-broekies en 'n paar manskousrekke van Vasie, is die ander items almal verkoop, al was baie van hulle uit die ark se dae.

Ook ou Nella se gebak was 'n reusesukses. Haar lekkernye het omtrent van die tafels gevlieg. Ousus Veenstra en van haar ander swaargewig-vriendinne in die tehuis, bekend daarvoor dat hulle aan doodvreet se seksie behoort, het soos blits op die vierdosyn koeksisters beslag gelê voor iemand anders 'n hand daarop kon lê. Binne 'n halfuur was net 'n paar krummels van die ander gebak nog op die tafels sigbaar.

Dit staan nog te besien hoeveel geld hulle gemaak het, maar Hans is vol vertroue dat hulle 'n stywe beurs gaan hê. Maatjie en Wieletjies, wat Hans aangewys het as die toer se finanskomitee, is nou besig om die geld te tel.

Vriend Vasie verdien om gepluimstryk te word, dink Hans. Hy het sy rol as afslaer uitmuntend verrig. Sy vermoë om enige vaal item eksoties en swierig te laat klink, al het dit soms gepaardgegaan met uitermatige spekskietery, het die meeste veilinggangers die hand dieper in die sak laat steek as wat dit onder 'n konvensionele afslaer sou gebeur.

Vasie het Hans se winterjas bemark as "veldmaarskalk Jan Smuts se jas wat hy tydens die Tweede Wêreldoorlog gedra het". En só het hy bly voortborduur op die items se "geskiedkundige waarde". Ou Nella se twee Fuller-haarborsels het aan Daisy de Melker behoort. Liesbet se gepatenteerde Ever Hot-teestelletjie was eers die eiendom van "koningin Liesbet van Ingeland haarself". Maatjie se Kommando-sigaretaansteker is gebruik in die eerste Boxer-pyptwak-advertensie wat in die destydse *Brandwag* verskyn het. Vasie se eie Primarius-troupak kom direk uit Ari Onassis se klerekas. En Wieletjies se skouerpels is afkomstig van 'n jakkals wat in die negentiende eeu tydens 'n Belgiese koninklike jagtog geskiet is.

Hy het darem 'n deel van die vark uit sy spekskietery gehaal deur te verklaar dat hoewel hy hierdie historiese gegewens nie met die hand op die Bybel kan verifieer nie, "dit volgens my deurtastende navorsing so na aan die Ware Jakob is as kan kom".

Senter Venter se rugby-items het egter vir verreweg die grootste opbrengste gesorg – en dit sonder dat Vasie dit hoef te bewierook het met sy "waardetoevoegende historiese beskrywings".

Hy het Senter wel gevra om 'n demonstrasie te lewer van sy opspraakwekkende wendrie teen 1968 se Leeus. Die oud-Bok het nie op hom laat wag nie. Met lopende kommentaar oor hoe hy die Leeus se agterhoede gepypkan het ná verskeie fopbewegings en agteroorskoppe, het hy dartelend en systappend op die "hoekpaal", wat deur 'n lang, maer veilingganger verteenwoordig is, afgepyl en sierlik langsaan oorgeduik. Dat hy hom nie met dié duikslag ernstig beseer het nie, was vir die omstanders net 'n wonderwerk.

'n Fanatiese versamelaar van rugby-gedenkwaardighede is so aangegryp deur Senter se vertoning dat hy 'n volle agtduisend rand vir dié se Springboktrui opgedok het. Die feit dat Senter die trui met 'n oordadige drie handtekeninge ontsier het, het nie eens die versamelaar se geesdrif gedemp nie. Hy het al die rugbykouse en die Johan Claassen-skrumpet ook opgeraap vir 'n aardige drieduisend rand.

Hans kyk op toe Maatjie aankondig dat die finanskomitee gereed is om die uiteindelike bedrag bekend te maak. Die glimlagte op sy en Wieletjies se gesigte voorspel goeie nuus.

"Saam met Nella se gebak het die veiling 'n totale opbrengs van R22 154 gelewer," kondig hy onder groot applous aan.

Vasie stel dadelik voor dat hulle 'n paar honderdrandnote moet afknyp om hierdie "buitengewone rendement" in die Grand se kroeg te gaan vier.

Maar Hans steek haastig 'n stokkie daarvoor: "Dis 'n ondeurdagte voorstel, Vasie. Met dié dat ons môreoggend vroeg Weskus toe vertrek, sal helderheid van verstand en oog 'n vereiste wees." Net die gedagte daaraan dat 'n semi-besope Senter agter die stuurwiel moet inskuif, gee hom van voor af die bewerasie.

Vasie aanvaar dit met 'n besonder lang lip.

Met hierdie stewige opbrengs behoort hulle twee weke lank aan die Weskus te kan oorleef, dink Hans. Hulle sending kon nie op 'n hoër noot begin het nie.

Meteens daal 'n ongemaklike stilte oor die vertrek neer, wat Hans laat omkyk.

Die tehuisleraar, dominee Colyn, kom verbete op die slagoffer-sewe afgepyl. 'n Ernstige beswaardheid is te lese op die dominee se gesig.

Vasie som die situasie heeltemal verkeerd op en beduie na een van die tafels. "Hier is darem nog 'n paar bloomers, akkordeon-plooi-broekies en manskousrekke oor. Die waardevolste items is ongelukkig klaar opgeveil. Dominee is net te laat daarvoor."

Dominee Colyn kyk stug na hom. "Broer Vasie, dis juis oor daardie sogenaamde waardevolle items dat ek hier is." Hy beduie na die saal. "Die plek is net te onpersoonlik om hier met julle daaroor te praat. Ek wil ook nie hê vreemdes van buite moet na ons gesprek luister nie. Daarom versoek ek julle groepie om saam met my na die klein saaltjie te kom, sodat ons agter geslote deure hierdie saak kan uitpraat."

"Uitpraat?" wil Hans weet, maar die leraar het klaar sy rug op hulle gekeer en stryk aan deur toe.

Hier kom gróót probleme, besef Hans.

"Bring ons geldtrommeltjie saam," sê Vasie vir Maatjie. "Mens kan nie soveel geld hier onbewaak laat rondlê nie."

## 20

Toe hulle by die klein saaltjie instap, is Hans verbaas om Heilige Hanna, een van die tehuis se inwoners wat ook die veiling bygewoon het, daar te sien sit. Sy lyk heiliger as ooit tevore.

Haar teenwoordigheid stem hom onrustig. Sedert verlede jaar, toe sy ook 'n slagoffer was van Hans-hulle se pynappelsap-brousel, die sogenaamde troebel tonikum, het sy nie ooghare vir hom en sy vriende nie. Volgens gerugte het sy en haar groepie aanhangers weens dié brousel se newe-effekte tussen hulle sestig rolle toiletpapier op een "aand van hel" opgebruik. Dit het glo gepaardgegaan met ongekende krampe en volgehoue loopmae.

Sy en haar groepie is ook van die weiniges in die tehuis wat nog in Altoon Ahlers se dampkring beweeg. En natuurlik voortdurend deur dié snoeshaan negatief teenoor Hans-hulle beïnvloed word.

Dominee Colyn wag tot almal hulle sitplekke ingeneem het, voor hy in die staande posisie sy rede begin voer. Eers trek hy sy onderlip af, wat sy stel ondertande ten toon stel. Tydens dienste is dit gewoonlik 'n teken dat hy teen die "afvalliges in die gemeente" gaan uitvaar.

"Suster Hanna het dit onder my aandag gebring dat Vasie die veilinggangers, van wie die meerderheid lidmate van my gemeente is, op 'n geslepe manier koudgelei het oor die oorsprong van sommige items."

"Julle het onder 'n valse vlag gevaar," sê Heilige Hanna bitsig. "Jan Smuts se jas, koningin Elizabeth se teestel en Daisy de Melker se haarborsels was maar 'n paar van die valshede wat verkondig is. Ek het die hele lys van julle satansverdraaiings aan dominee oorhandig."

"Skandelik," sug dominee Colyn. "Ek was tot in my siel geskok toe ek die omvang van hierdie slinksheid onder oë kry. Dat lidmate van my kerk sulke wanvoorstellings kan bekook, gaan my in die komende weke slapelose nagte besorg."

Hans gryp in: "Dit was maar net 'n poging van Vasie om 'n bietjie glans aan die geleentheid te verleen."

Dominee Colyn snork liggies. "Glans se voet. Dit was onderduims, broer Hans – en jy, broer Vasie en die ander broers en susters in julle groepie weet dit maar alte goed."

Hans wil terugkrabbel, maar die dominee dui met uitgestrekte arms aan dat hy nou die woord voer. "Dis 'n ernstige saak van misleiding dié, wat my op twee gedagtes laat hink."

Hy hou een vinger dramaties omhoog. "Eerstens kan ek hierdie saak by die regsowerhede gaan aangee, wat natuurlik wye en onaangename implikasies vir 'n ieder en elk van julle sal inhou. Dit sal die tehuis se naam ook ernstig deur die modder sleep." Nog 'n vinger skiet op. "Of tweedens kan 'n gebaar van vergifnis teenoor die kerk 'n mate van berusting ten opsigte van die aangeleentheid bring."

"Gebaar van vergifnis?" wil Hans weet.

Dominee Colyn gee 'n wrang laggie. "Wie met die duiwel uit een skottel eet, moet bereid wees om 'n vergifnisboete te betaal."

"Ons sal een persent van ons opbrengs afstaan as gebaar van berou," sê Vasie suur.

Dominee Colyn skud sy kop beslis. "Ek gaan nie hier staan en bie met jou nie, broer Vasie. Alleen 'n tiende van julle totale veilingsopbrengs aan die kerk sal my vertroue in julle goeie inbors in 'n mate herstel."

Hans beduie met 'n kopknik na die finanskomitee om 'n tiende aan die leraar te oorhandig. Hulle het nie juis 'n keuse nie, besef hy. Die idee om saam met Javel Davel tronkstraf uit te dien, is nie 'n gedagte wat Liesbet en 'n paar van die ander nou sal omarm nie.

Ná 'n paar vinnige berekenings in sy sakboekie, tel Maatjie R2 215 af en oorhandig dit aan die dominee.

Vasie kreun by aanskoue van dié seremonie, wat 'n glimlag van genoegdoening op Heilige Hanna se gesig sit.

Die dominee plaas die geld in 'n dankofferkoevert en steek dit in sy sak. "Mag julle 'n voorspoedige Weskus-reis beleef. Ek sal Sondag tydens die diens spesiale vermelding van julle groothartige gebaar maak."

Hy en Heilige Hanna verlaat die saaltjie. Hans hoor hoe sy lag toe hulle by die deur uit is.

"Ek wens Heilige Hanna 'n pynlike en blywende gatkramp toe," brom Vasie.

"O my pyn, gee my 'n lekker bottel wyn!" roep Wieletjies uit.

Maatjie snork. "Vergeet daarvan, Wieletjies. Ons totale drankbegroting is pas aan die kerk oorhandig. Aanvaar maar dat dit 'n nie-alkoholiese toer gaan wees."

Vasie kreun weer, dié keer langer en met meer emosie.

Hans hoop nie hierdie ongelukkige voorval is 'n voorteken van wat aan die Weskus op hulle wag nie.

# 21

Hans het vanaand al sy tas gepak sodat hy nie môreoggend hoef te skarrel om klaar te kry nie. Hulle wil vroeg in die pad val.

Hy lê sy klere vir die rit op sy gemakstoel uit en kyk gesteurd op toe sy selfoon op die bedkassie lui. Hy stap soontoe en sug toe hy sien dis Carla. Die stem van sy gewete spreek hom aan. Hy sal seker moet antwoord en noem dat hy van môre af vir 'n onbepaalde tyd deur die Weskus gaan toer. Sy sal aapstuipe kry as hy dit nou verswyg en sy later daarvan moet uitvind.

"Hallo, Pa," groet sy, wat oombliklik verskeie rooi ligte laat flikker. As sy hom "Pa" pleks van "Pappie" noem, voorspel dit net onheil.

Dan kom dit: "Ek is nie onder 'n kalkoen uitgebroei nie, Pa."

"Dit weet ek goed, my kind. Ek het bygestaan toe jou ma aan jou geboorte geskenk het."

"Moet Pa nie probeer slim hou nie! Ek het lankal snuf in die neus gekry, toe Pa se foon kwansuis opbreek elke keer as ek navraag doen oor wie by julle in Davel se strik getrap het. En ek het vandag bevestiging daarvan by iemand gekry, wat my ergste vrese bewaarheid het."

"By wie was dit?"

"Kaptein Van Staden van die Valke wat die saak ondersoek. Hy sê Pa is, om sy woorde te gebruik, een van die sewe idiote by Huis Madeliefie wat in daai ponzi-skema belê het."

"Idiote! Ek is lus en prosedeer vir naamskending."

Sy gee haar lelike lag. "Moenie nog 'n groter gek van Pa maak nie. Ek stem volmondig met kaptein Van Staden saam. Dit wás idioties om in so 'n ooglopende skelmskema te belê. Wat het Pa besiel?"

"Davel het heuning in die mond gedra. Ek het te laat agtergekom dat hy nie 'n slaaf van sy woord is nie. Dis 'n saak waaraan jy niks kan doen nie, want ek het klaar my kop in die strot gedruk. En dit gaan nie help om my neus nou daarin te vryf nie. Ek het die afgelope tyd genoeg brood der smarte geëet om nog deur jou gekruisig te word ook."

"Moenie nou op my gevoel wil speel nie. Ek het min simpatie met Pa. Besef Pa dat as Davel eendag vasgetrek word, Pa net 'n gedeelte van Pa se belegging gaan terugkry?"

"Moenie jou geleerdheid by my wil lug nie, Carla. Ek weet dit maar te goed. Maar ons sewe slagoffers gaan nie met gevoude hande sit nie. Die polisie loof hondred-en-vyftigduisend rand uit vir inligting wat tot Davel se inhegtenisneming kan lei. En ons vertrek môre Weskus toe om sy wegkruipplek daar bloot te lê. Die beloning sal opmaak vir die geld wat ons verloor het."

"Gee my genade van bo!" roep sy uit. "Hoe gaan Pa-hulle dit nogal regkry?"

"Ons gaan onder die dekmantel van onskuldige navrae sy spoor kry."

Weer gee sy haar lelike lag. "So Pa wil nou op vier-en-negentigjarige ouderdom speurder-speurder speel!"

Hans besluit om sy kuite styf te trek. "Ja, dis korrek, Carla. Ek sal jou ingelig hou oor ons vordering. Moet my dus nie mal bel nie. En jy sal my nou moet verskoon, want ek het nog verskeie belangrike operasionele take om af te handel."

Hy druk die foon dood. Carla het hopeloos te veel in die melk te brokkel. Dis tyd dat hy die kind goed vasvat.

Hans loop peinsend heen en weer in die kamer. Hierdie dag kon nie op 'n laer noot afgesluit het nie. Eers die dominee wat hulle van hulle drankgeld beroof en nou Carla se onsmaaklike oproep. Hy snork. Idiote!

Sy foon lui weer. Ben, sy seun in Nieu-Seeland, sien hy. Carla het hom natuurlik ook nou op hol. Hy oorweeg om nie te antwoord nie, maar onthou dan van Ben se lidmaatskap van die Patrys-speurklub, en druk maar die knoppie.

"Is dit speursersant Van Kraaienburg wat praat?" groet Ben.

"Moet my nie vir die aap probeer hou nie, Ben. Ek het nie nou tyd vir lighartige opmerkings nie."

"Jammer, ek trek sommer Pa se been. Carla het my nou net ingelig oor Pa-hulle se planne om daai skelm vas te trek. En ek en sy is bekommerd oor Pa se veiligheid. Dit kan gevaarlik wees. As Davel moet uitvind Pa-hulle doen navraag oor hom, kan hy gewelddadig raak."

"Moenie jou daaroor bekommer nie. Ons het beskerming . . . 'n Oud-Springbok-rugbyspeler vergesel ons."

"Wie?"

Hans huiwer vir 'n oomblik. Senter Venter was een van Ben se helde in sy kinderdae. Hy sal dadelik weet Senter het hopeloos te veel jaarringe om enige beskerming te bied.

"Bakkies Botha."

Ben fluit deur sy tande. "Bakkies Botha?! Hoe het Pa-hulle sy dienste bekom?"

"Hy is Vasie se nefie. Daarom was hy net te gewillig om ons te vergesel."

Ben gee 'n laggie. "Wel, in daardie geval is ek nie meer bekommerd oor Pa se veiligheid nie. Ek kry Davel eintlik jammer as daai kêrel hom onder hande neem. Ek het hier in 'n toets in Christchurch gesien hoe hy van Sam Whitelock mincemeat maak."

"Ek is eintlik bly jy bel," sê Hans om sy spekskietery nie verder uit te rek nie. "Jy was mos op jou dae 'n Patrys-speurder. Kan jy nog van die wenke onthou wat die polisie verskaf het?"

Ben skater asof Hans 'n ui getap het. "Sorry dat ek so luidrugtig lag, Pa, maar *Patrys* was 'n tydskrif vir tieners. Daar was regtig nie aardskuddende wenke nie. Ek kan in elk geval niks onthou nie." Hy huiwer 'n oomblik, gee weer 'n laggie. "Maar ek het nog die Patrys-speurderdoppie wat 'n mens aan jou lapel vasspeld. Ek kan dit met spoedpos vir Pa stuur."

"Dis nie nodig nie," sê Hans stuurs, nie in die regte luim vir sy seun se tipe humor nie. Hy wens hom 'n goeie nagrus toe en druk sy foon dood.

Hy stel dit dadelik op "silent". Nie lus om deur sy ander twee kinders ook geteister te word nie.

## 22

Hans is tevrede met hoe die Weskus-toer vanoggend afgeskop het. Maatjie se familielid het die karavaan gebring en Wieletjies se kontak by Kraaifontein Used Cars die kombi. Die lewensgrootte en onooglike goue sierskrif van die onderneming se naam op die bakwerk, het Hans maar gelate aanvaar, al het dit hom aan 'n sirkuskar van Boswell & Wilkie herinner.

Die drie vroue se wavragte bagasie is in die karavaan gelaai. As gevolg van die feit dat ou Nella twee beddens gaan vol lê, sal die karavaan as húlle slaapplek dien tydens die toer. Die vier mans behoort genoeg lêplek in die kombi te kry.

Ou Nella het darem gesorg dat hulle padkos het – die hardgekookte eiers en wors het sy deur een van haar borgskappe gratis bekom.

Die spulletjie het hulle omtrent uitgepiets vir die toer. Senter het sy Springbok-baadjie aan. Vasie lyk met sy wit broek, groen-en-wit-strepies-syhemp, kakie-safarihoed en donkerbril soos 'n Amerikaanse toeris. Maatjie het sy bont Hawaii-hemp met 'n pers bellbottom en wit skoene gekombineer. Liesbet het op haar lang, swewende maksi besluit, wat haar tot by die enkels bedek. Wieletjies se vaalgrys romp en swart bloes is ewe formeel. Ou Nella, geklee in 'n bloedrooi broekpak wat in die gleuf van haar boude opgetrek het, het Vasie in Hans se oor laat fluister: "Kolmuis vreet al weer wasgoed."

Hans het gemak bo mode gekies en op sy mosterdkleurige

kortbroek-safaripak, kniekouse en geel Crocs besluit. Hy is mos nie van plan om op 'n loopplank te paradeer nie. Sy enigste missie is om Javel Davel op te spoor.

Die kombi se enjin kreun swaar onder sy vrag. Op die oop pad het Hans al opgemerk dat hulle nooit tagtig kilometer per uur gaan oorskry nie.

Sy vrese oor Senter se bestuursvermoë was helaas nie ongegrond nie. Skaars op die langpad, of Senter het teen alle verkeersregulasies in 'n kruiende vragmotor op die pad se skouer aan die linkerkant verbygesteek. Hulle is so na aan die vragmotor verby dat die kombi se kantspieëltjie amper in die slag gebly het.

Wieletjies se uitroep van: "O my siel, gee my 'n plek om te kniel!" het almal se skrik verwoord.

Senter was egter so koel soos 'n komkommer. "Bedaar. Ek het net 'n gaping aan die steelkant gevat."

Ná 'n vermaning van Hans dat hulle nie kan bekostig om ná die vergifnisboete aan die kerk ook nog 'n verkeersboete op die lyf te loop nie, het Senter nog nie weer sy aanvallende spel ten toon gestel nie. Hy lewer egter lopende kommentaar oor hoe ander motoriste "obstruksie pleeg". Voertuie wat te stadig na sy sin ry, "verdien om 'n strafdrie teen hulle te kry". 'n Motoris wat op 'n dubbele wit streep 'n bus verbygesteek het, het hom "aan ernstige vuilspel skuldig gemaak" en ander motoriste se kleiner oortredings is as "aanslane" en "onkantspel" beskryf. In 'n stadium was daar 'n verkeersopeenhoping as gevolg van padwerke, wat hom laat brom het: "Dis 'n ongeleë tyd om 'n vaste skrum te wil vorm. Die skeidsregter blaas hierdie wedstryd dood."

Hulle hou by 'n padstalletjie duskant Yzerfontein stil om bene te rek en weg te lê aan die eiers en wors. Hans sluk sy porsie gou af en verskoon homself. "Gaan net my skarniere 'n bietjie olie."

Hy stap na die padstalletjie. Kan nie kwaad doen om hier al navraag oor Javel Davel te doen nie, dink hy.

Die bonkige kêrel agter die houttoonbankie spring onmiddellik op. "Môre, oom," groet hy en beduie na rye botteltjies op 'n rak, "hier is tuisgemaakte konfyt om van te kus en te keur. En dan het ons nog lekker beesbiltong en -droëwors ook."

"Ons toergroep sal jou met die terugkomslag beslis ondersteun," sê Hans om 'n gees van samewerking aan te moedig. "Maar ek wil eintlik navraag by jou doen oor iemand."

Hans se belofte van toekomstige besigheid het die gewenste uitwerking, want die man is die ene ore. "Ek help graag waar ek kan."

Om sy rol van speurder te verdoesel, besluit Hans om waaksaam om te gaan met sy woorde. "Ek is op soek na 'n verlangse familielid van my wat volgens 'n vriend tans hier aan die Weskus vakansie hou. Ek het ongelukkig die kêreltjie se telefoonnommer verlê, maar hoop om hom op ons toer deur die streek raak te loop."

Die man lyk uit die veld geslaan. "Hoe gaan ek kan help?"

"Dalk het hy hier by jou padstalletjie aangedoen. Hy ry in so 'n plat Merc-sportmodel met 'n afslaankap."

Die man se gesig helder op. "'n Rooie?"

"Dis korrek, ja."

"Hy was so 'n week gelede hier. Daai kar van hom het nogal 'n indruk op my gemaak. Die goed kos aansienlik meer as 'n miljoen rand. Ek kry nie gereeld sulke welvarende customers hier by my stalletjie nie."

'n Spontane vlaag sooibrand oorval Hans. Davel het meer spandabel met hulle geld omgegaan as wat hy vermoed het.

"Kan jy die man beskryf? Net om seker te maak ons praat van my verlangse familielid," versoek hy terwyl hy 'n Rennie in sy kies stop.

Die man tuur die verte in. "Soos ek kan onthou, het hy 'n helse bos krulhare aan hom gehad – amper iets soos die komediant Schalk Bezuidenhout s'n."

Hans weet nie hoe Schalk Bezuidenhout of sy hare lyk nie. "Enige ander kenmerke wat jy kan onthou? Smal voorkoppie? Pap mondjie?"

Die man knik. "Noudat oom dit noem, pas daardie beskrywings nogal by hom." Hy beduie na sy bolip. "En ek kon sien hy is besig om 'n snorretjie te groei. Dit was net so swart soos sy hare."

Hans is vir 'n oomblik onkant betrap. "Swart, nie blond nie?"

"Pikgitswart, oom. Daarvan is ek doodseker."

"Het hy nie gesê waarheen hy op pad is nie?"

"Nee, oom, dié het hy nie genoem nie. Ek onthou net hy het biltong en droëwors gekoop."

"Baie dankie vir die hulp," sê Hans en skeur 'n velletjie uit die notaboekie wat hy uit sy bosak gehaal het. Hy skryf sy foonnommer daarop neer. "Bel my asseblief as hy perdalks weer hier aandoen."

Die man staar na die velletjie papier wat Hans oorhandig het. "Wat is oom se naam?"

Hans laat vir geen oomblik sy Sherlock-waaksaamheid verslap nie en sê gladweg: "Jan Davel."

Hulle groet en Hans loop terug na die kombi, waar die ander nog in 'n kringetjie weglê aan die padkos.

Halfpad soontoe steek hy vas en haal sy selfoon uit sy broeksak. Hy is bly hy het Daveltjie se nommer op sy kontaklys bygevoeg. Hy bel en sy antwoord dadelik.

"Net vinnig 'n navraag oor Javel," val Hans met die deur in die huis. "Wat was sy haarkleur toe hy 'n kind was?"

"Swart. Hy het dit maar eers 'n paar jaar gelede ge-peroxide." Sy snork. "Ewe gesê die chicks hou van blonde mans."

Hans bedank haar en groet.

"Ek het pas 'n bres van ongekende omvang geslaan," lig hy sy makkers in toe hy hom by hulle aansluit. "My vermoede was korrek dat Davel iewers aan die Weskus skuil. Ek weet ook nou dat sy vermomming 'n swart haredos en moestas behels." Hy vertel hulle van sy navrae by die padstalletjie en sy gesprek met Daveltjie.

"Jou ou biesiepol!" roep Vasie uit.

Die ander swaai hom ook groot lof toe. Senter voer 'n luidrugtige haka uit, wat die man uit sy padstal laat skarrel en hulle met 'n frons en skreefoë laat dophou.

"Kom ons gaan gee die vyand blouboontjies!" moedig Hans sy makkers aan om hulle padkos af te sluk en die kombi te bestyg.

Almal bondel in. Hans is verheug daaroor dat sy maters se koors ook hoog loop om Davel se stertvere vas te trap. Met sulke manskappe in hierdie veldslag, dui dit op 'n goeie uitkoms.

# 23

Hans-hulle se subtiele navrae oor Davel op Yzerfontein het geen jota of tittel opgelewer nie. Hulle het ook die dorpie se strate deurkruis in die hoop dat hulle 'n rooi Merc-sportmotor iewers geparkeer sal sien staan. Maar dit was soos om botter aan die galg te smeer.

Liesbet verklaar swaarmoedig dat hulle hul tyd mors en Davel nooit gaan opspoor nie.

"Ons kan nie nou hangoor wil wees nie, Liesbet. Ons sending het pas begin. Moenie so vroeg die handdoek wil ingooi nie," maan Hans.

Hy merk dat die ander toeriste nie inspirasie uit sy woorde put nie. Maatjie het niks gesekondeer nie en Vasie lyk ook bedroewend. Senter het nie 'n saak met die sending nie. Hy kla aanhoudend dat "spel by die afbreekpunte vertraag word" na aanleiding van 'n paar vragmotors waaragter hulle moet aankruie.

Hulle vorder pynlik stadig. Met dié dat Vasie se blaasprobleme van ouds meteens weer 'n faktor geword het, moet Senter al om die halfuur aftrek sodat Vasie "die water in my lyf kan afskud". Dit laat Senter telkens prewel dat daar "al weer 'n vorentoe-aangee is".

Met 'n gemiddelde ouderdom van agt-en-tagtig, is dit vir Hans nie 'n wonder dat hierdie moeisame rit 'n tol onder sy reisgenote begin eis nie. Ou Nella kla dat haar bunions haar hel gee en sy nie kan wag om met haar voete in die lug te sit nie. Wieletjies vee voltyds sweet van haar gesig af en vervloek die kombi omdat daar nie lugreëling is nie. Maatjie murmureer oor die "onmenslike pyn" in sy rug van al die sittery en Liesbet sê die krampe in haar bene is besig om handuit te ruk.

Dit is 'n siekeboeg op wiele, dink Hans. Om die Davel-soektog met so 'n groot afvaardiging aan te gepak het, was 'n ernstige denkfout aan sy kant. Hy, Vasie en Maatjie sou 'n veel doeltreffender en gedugter soekgeselskap gevorm het. Maar berou kom altyd te laat.

Om sy reisgenote ter wille te wees, stel hy voor dat hulle iewers op Langebaan vir die res van die dag en nag moet kamp opslaan. "Dan kan ons môre met 'n nuwe besem begin vee." Sy voorstel word geesdriftig en sonder 'n teenstem aanvaar.

Maatjie het as die groep se amptelike kampeerkundige die taak op hom geneem om voor die tyd geskikte terreine op hulle roete te identifiseer. Sy keuse op Langebaan is die Leentjiesklip-woonwapark, wat hulle oplaas bereik ná verskeie verkeerde afdraaie. "Ôs ons só sukkel om 'n woonwôpôrk te kry, wil ek nie weet hoe ons gôn sukkel om Jôvel te kry nie," het Liesbet opgemerk. Hans het verkies om 'n dowe oor te gooi, al was haar stelling nie sonder meriete nie.

Nadat die finanskomitee die administratiewe deel van hulle verblyf in die kantoor afgehandel en darem pensioenaris-afslag beding het, streep almal na die gemeenskaplike ablusieblokke, Vasie aan die voorpunt.

Terug by hulle staanplek besluit hulle dat 'n vleisbraai die aangewese maal vir die eerste aand op die pad is. Vasie lewer 'n hartroerende pleidooi dat 'n braai sonder 'n paar skuimkoppe nie geduld behoort te word nie. Hans se beswaar dat hulle drankbegroting in die kerk se geldkluis is, word met 'n oorweldigende meerderheid verwerp. Senter en die finanskomitee word afgevaardig om die tersaaklike aankope in die dorp te gaan doen, met spesifieke instruksies van Vasie oor hoeveel bier nodig gaan wees om die dag se deurbrake ordentlik te vier.

Nou sit Hans op 'n kampstoeltjie en wag dat sy selfoon laai. Hy het dit aan 'n kontrepsie in die karavaan gekoppel. Onderlangs hou hy ou Nella dop, en sien dat die stoel waarop sy sit se pote gevaarlik uitbuig. Hy glimlag wrang. Sy gaan meer beskerming kan bied as wat Bakkies Botha sou kon droom om te doen. Met daardie formidabele torso van haar sal sy ook van Sam Whitelock maalvleis kan maak.

"Jou selfoon lui, Hôns," onderbreek Liesbet sy gedagtes. Hy haas hom na die karavaan en ontkoppel dit. Dis 'n onbekende nommer. Hy antwoord met 'n versigtige "Hallo", sy Sherlock-waaksaamheid nog onbelemmer.

"Hallo, oom Davel," kom 'n stem aan die ander kant. "Ek is die ou van die padstal."

Hans se gemoed helder op. Dalk het die kêrel nuus oor Davel.

"Ek het gedink om oom maar 'n luitjie te gee. Hier was twee ouens wat ook navraag oor die man in die rooi Merc gedoen het. Hulle is tweelingbroers en ou skoolvriende van oom se verlangse familielid. Ek het oom se selnommer vir hulle gegee. Hulle het gesê hulle sal oom beslis bel."

"Is . . . dit al wat hulle gesê het?"

"Ja, oom."

"Het jy hulle foonnommers en name?"

"Nee, oom, dit was maar bietjie bedrywig by die padstal toe hulle hier was."

"Het jy gesien met watse kar hulle ry?"

"Ja, oom, so 'n ligblou negentien-voertsek-Kewertjie."

"Baie dankie dat jy gebel het," sluit Hans die gesprek af.

Hy staar peinsend voor hom uit. 'n Kwelling des geestes neem van hom besit. Sou dit regtig skoolvriende van Davel wees, of is hulle ook onder 'n dekmantel agter die beloning aan? Hy hoop maar hulle bel hom.

Hy besluit om die sluier eers oor hierdie nuus te laat val. Dit kan net 'n stok in sy makkers se geesdrifwiel steek as hy hulle nou daarvan vertel. Daar sal buitendien kaiings van kom om nou daaroor te bespiegel. Hy benodig meer gegewens om 'n sinvolle debat te kan voer.

Hans kyk op toe Senter en die finanskomitee met 'n luide toetergeskal op hulle staanplek afpyl. Die kombi staan skaars, toe is Vasie by om te help afdra, sy belangstelling opsigtelik slegs by die bieraankope. Hy het blitsvinnig 'n bestekopname van die voorraad gedoen, want hy kondig aan dat elkeen "drie biere deur die kraag kan jaag. Dan bly daar nog drie oor. Ons sal dan maar lootjies moet trek."

Maatjie en Senter pak die hout in die braaiplek en ou Nella neem beheer van die kosvoorraad en speserye. Sy kom staan gebukkend langs Hans by 'n tafeltjie waarop die vleis uitgelê word. Hans merk dat kolmuis steeds wasgoed vreet.

Toe Vasie die dop van sy eerste bier laat waai, lui Hans se foon in sy sak. Hy staan op en kry vinnig afstand van sy makkers.

Dis 'n onbekende nommer, wat maak dat hy as "Jan Davel" antwoord.

"Hallo, meneer Davel, dis Drikus wat praat," sê 'n man in 'n hoë stemmetjie. "Ek verstaan meneer soek ook na Javel, want meneer is 'n verlangse familielid van hom?"

"Ja, so verlangs dat mens dit nie met 'n klip kan raakgooi nie," sê Hans as maatreël om nie soos Daveltjie en Javel se pa met die kainsmerk gestempel te word nie. "Maar ek sal die kêreltjie bitter graag weer wil sien."

"Ek en my broer ook, meneer. Ons is ou skoolpelle van Javel en ons het jare laas met hom gebond."

Hans wil vra of hulle 'n idee het waar Javel hom bevind, maar Drikus spring hom voor. "Ek en my broer, Wikus, skiem dit sal nice wees om bietjie met meneer te chat. Net om gedagtes rond te gooi oor waar hy kan wees."

Hans talm 'n oomblik. "Klink na 'n gawe idee."

"Waar is meneer op die oomblik?"

"Op Langebaan."

"Excellent! Ons plan is juis om môre daar 'n draai te maak. Sal dit meneer pas om ons teen elfuur in die dorp te kry?"

"Dit behoort nie 'n probleem te wees nie."

"Right, dan kry ons meneer daar." Hy noem 'n restaurant se naam en die straat waarin dit geleë is. "Meneer sal ons maklik kan uitken, want ons is twins," sluit hy af.

Hulle groet en Hans druk dood. Hy skryf die restaurant en straat se name in sy notaboekie neer. Dan loop hy eers 'n draai na die ablusieblokke toe om sy denke vrye teuels te gee.

Terug by die braaiplek, waar die vlamme al hoog brand en Vasie al besig is om sy tweede bier deur die kraag te jaag, besluit Hans om steeds 'n wag voor sy mond te hou oor môre se ontmoeting met die gebroeders Drikus en Wikus.

## 24

Hans het vanoggend voor dag en dou opgestaan, want van slaap was daar in elk geval nie veel sprake nie.

Hy het aangebied om in die kombi voor links so sit-sit te slaap. Gedurende sy tyd in die korporatiewe omgewing het hy tydens lang vergaderings die kuns vervolmaak om in 'n stoel te slaap, daarom het hy nie gedink dit sal ongerieflik wees nie.

Maar hy het nie rekening gehou met sy manlike medereisigers se kakofonie van onmelodieuse naggeluide nie. Senter, op die eerste ry sitplekke, se snorkery het aan die priemende gekerm van 'n elektriese boomsaag herinner. Vasie, in die tweede ry, se diepe slaap het met skerp fluitgeluide deur sy neus gepaardgegaan. En Maatjie, wat lêplek in die bagasieruim gehad het, het met 'n deurlopende onaardse geroggel geklink of die dood se skaduwee permanent oor hom hang.

Hans het nog nooit só 'n gekattemaai beleef nie. Hy het selfs terugverlang na Poepies van Jaarsveld se oggendknalle, wat ten minste op dieselfde toonhoogte afgevuur word.

Met die uitsondering van Vasie, wat met 'n omkopery en gladde mondwerk gisteraand toe sewe houers van Noag se sop in die keel afgespoel het, lyk sy makkers vanoggend redelik vars. Ou Nella kla wel oor die veelvuldige vlooibyte wat sy deur die nag opgedoen het, maar Hans maak of hy dit nie hoor nie. Sy kan haarself eintlik gelukkig ag, want Hans reken dat hy, Maatjie en Kleinboet bykans tagtig persent van die karavaan se vlooibevolking tydens hulle skoonmaakaksie uitgewis het.

Ná ontbyt, wat uit gisteraand se oorblyfsels bestaan het, het Hans sy strategiese planne vir die oggend aan sy spanmaats uiteengesit. "Ons sal gefokus te werk moet gaan. My voorstel is dat ons te voet Langebaan se sakekern deurkruis. As gevolg van ons tydsraamwerk kan ons nie bekostig om dit in groepsverband te doen nie. Elke spanlid moet sy eie rigting inslaan en soveel subtiele navrae moontlik by soveel plekke moontlik doen. Alleen só kan ons die sakekern in sy volle omvang bestryk."

Vasie het sy voorstel as geniaal beskryf en Maatjie het dit gesekondeer. Die ander het ook sonder teenspraak ingeval by die reëling.

Nou, terwyl hulle in Breëstraat stilhou, stel Hans voor dat hy Hoofweg sal patrolleer en die ander hulle op die belangrikste systrate moet toespits.

Ná 'n paar navrae by voetgangers kry Hans die restaurant in Hoofweg. Hy sien op sy horlosie dat hy nét betyds is. Hulle het maar laat by die woonwapark weggekom, veral weens die vroue se tydrowende grimeersessies in die ablusieblokke.

Die restaurant is redelik volgepak en Hans moet goed rondkyk voor hy die broers by 'n hoektafeltjie gewaar. Hulle lyk inderdaad so eenders soos twee druppels water.

Hy stap nader en hulle kom in gelid uit hulle stoele orent. Twee skraal telegraafpale, na wie Hans moet opkyk. 'n Effens ongemaklike gevoel pak hom beet. Hulle lyk kompleet soos buiteruimtelike wesens wat sonder enige grimering rolle sou kon losslaan in *Star Trek*, 'n TV-reeks waaraan sy kinders verslaaf was en hom toe ook in die proses aan blootgestel het. Spitsore, ingesonke wangbene en klein swart ogies wat te na aan mekaar sit. Hulle onversorgde en olierige donker hare kontrasteer skerp met hulle wasbleek gelate. Hans merk ook oliekolle, kosblertse en winkelhake op hulle identiese wit T-hemde. Lyk of die aasvoëls hulle klere beetgekry het.

Sy slotsom is dat hulle nie 'n gunstige indruk skep nie. Twee kanaalbabers as hy dit al ooit gesien het. Of grototters, soos Vasie sulke soort mense altyd beskryf.

Hy sal 'n oog op hulle moet hou, besef hy. Hy is nou spyt hy het ou Nella nie maar vir beskerming saamgepiekel nie.

"Ek is Wikus," sê die een. "En ek is Drikus," sê die ander een in dieselfde hoë stemmetjie as sy broer.

Hans mompel dat hy Jan Davel is en trek 'n stoel uit om te sit.

"Het oom 'n idee waar Javel vir sy holiday rondjol? Ek en Wikus sal ons ou skooltjommie só graag weer wil uitcheck."

Hans se kompas staan vir 'n oomblik stil. Hy sal nou sy woorde mooi moet weeg om hulle op 'n dwaalspoor te bring. "Kan wees dat hy iewers in hierdie geweste is, maar my oorwoë mening is dat hy eerder noordwaarts in Namakwaland vakansie sal hou. Hy was nog altyd baie lief vir daardie deel."

"Namakwaland?" vra Drikus asof hy nog nooit van dié streek gehoor het nie.

"Is dit oorsee?" vra Wikus, kennelik teleurgesteld in Hans se oorwoë mening.

Dit is op die punt van Hans se tong om te sê Wikus is in die kol, maar hy besluit om nie sy hand te oorspeel nie. Met 'n paar navrae sal hulle gou uitvind hy het hulle vet om die oë probeer smeer. "Nee, die noordelike deel van die Weskus staan as Namakwaland bekend."

Albei broers uiter sugte van verligting. Dit bevestig Hans se vermoede dat hy nie hier met twee Einsteins te doen het nie. Dit gee hom die vertroue om die gesprek in 'n sekere rigting te stuur. "Hoekom vermoed julle hy is aan die Weskus?"

Die broers kyk onderlangs na mekaar. Drikus stamp Wikus met die elmboog in die sy. "Sê jy."

Wikus kug eers 'n paar keer voor hy antwoord. "'n Ander ou skooltjommie van ons het gesê Javel laaik die Weskus kwaai."

Hans vermoed daar kleef 'n reukie aan die storie, want Wikus het nie met groot oortuiging die woord gevoer nie. Hy besluit om 'n tweeledige valstrik vir die broers te stel.

"Die man by die padstal het gesê Javel het nou sy hare swart gekleur." Hans skud sy kop. "Dis jammer, want die kind het altyd so 'n mooi bos blonde hare gehad. Ek het nog 'n matriekfoto van hom iewers by die huis, wat daardie bos blonde krulle so treffend vertoon."

"Ja, spierwit, nè?" beaam Wikus.

Drikus knik. "Ek onthou goed hoe cool daai hare van hom in matriek gelyk het."

Hans voel so gelukkig soos 'n vark in die modder. Hy het nou bo alle twyfel vasgestel dat die broers met loskruit skiet. Javel het nooit matriek gehaal nie en sy hare was swart op skool. Die broers ken hom nie van adamskant nie. Hulle is net agter die beloning aan.

Hy kyk op sy horlosie en staan op uit sy stoel. "Dit was lekker om julle manne te ontmoet, maar julle sal my nou moet verskoon. My toergroepie wag seker al vir my. Ons is van plan om vandag bietjie blomme te gaan kyk."

"Laat weet ons as oom vir Javel raakloop," sê Wikus.

Hans knik. "Ek het julle foonnommer. Ek sal dit onverwyld doen."

By die deur uit haas Hans hom na die aangrensende hardewarewinkel om met sy navrae in Hoofweg te begin.

Hy besef die vet is nou in die vuur. Dinge sal voortaan in 'n snuifknippie moet gebeur, want die broers is ook op Davel se spoor.

# 25

Waar Hans ná die sakekern-ekspedisie terug in die woonwapark tussen sy makkers op 'n kampstoeltjie sit, is sy gedagtes nog in twee geskeur. Sal hy hulle nou oor die tweeling inlig? Of sal hy eers 'n taktiese dinkskrum met homself hou voor hy die nuus breek?

Hy besluit dat die kat voorlopig nog in die kelder toegemessel gehou moet word. Daar is dringende sake waaraan hy aandag moet gee.

Hans haal sy sakboekie uit en hou sy gholfpotloodjie gereed. Hy beskou sy reisgenote, wat afwagtend 'n kringetjie vorm. "Reg, mense, welkom by ons eerste verslagvergadering. Ek gaan sommer op 'n punt begin." Hy beduie na Liesbet. "Het jy iets om te rapporteer?"

Liesbet sug. "Nee, Hôns. Niemônd kôn iemônd met 'n pôp mondjie en smôl voorkoppie herroep nie. Hulle het ook nie 'n rooi Merc met 'n ôfslônkôp gewôr nie."

Vasie knik. "Sê ek vir myselwers Davel het nooit op Langebaan anker gegooi nie. Nie een van die mense met wie ek gepraat het, het tekens van Davel-identifisering getoon nie. Die mense kyk jou aan asof jy van lotjie getik is sodra jy navraag doen."

Senter, Maatjie en Wieletjies se mededelings lewer ook negatiewe resultate op, wat Hans se moed in sy skoene laat sak. Hy self het ook nie by een van die Langebaners in Hoofweg inligting gekry om oor fees te vier nie.

Maar die ligte roering in ou Nella se nekhamme dui moontlik op nuus van waarde. "Die vrou by die bakkery het my ingelig dat sy vroegoggend navrae oor die man in die rooi Merc van besoekers aan Langebaan gekry het. Sy sê dit was tweelingbroers, met die name van Tollie en Nollie."

Buiten Hans trek almal hulle asems skerp in.

"O my tollie, gee my 'n rollie!" roep Wieletjies uit.

Hans knik. "Jy's reg, Wieletjies. Dit sou ons seker geloon het om wapentuig saam te bring."

Hy besef hy kan nie langer swyg oor die bedreiging wat die tweeling vir hulle missie inhou nie. Hy vertel hulle van die foonoproepe en sy gesprek met die broers by die restaurant. "Dis nou duidelik dat hulle onder verskillende vals identiteite opereer, want aan my het hulle hul voorgedoen as Wikus en Drikus."

"Hoekom vertel jy ons nou eers van die broers?" wil Vasie effe vies weet.

"Ek was van plan om dit nog vandag te berde te bring," lieg Hans gladweg.

Hy hou 'n vinger omhoog. "Ons het hier met vorste van die duisternis te doen. Hulle is uit swak hout gesny, twee broers met uiters bedenklike inborste. Verkoop graag vroom praatjies. En julle weet goed: As die vos die passie preek, moet die boer sy ganse oppas."

"Uitgeslape belhamels," prewel Vasie.

Hans gee 'n laggie. "Uitgeslape is hulle gelukkig nie, Vasie. Hulle beskik nie oor die verstandelike vermoë om hoog te timmer nie." Hy vertel hulle hoe maklik die broers in sy strik getrap het oor Davel se haarkleur en skolastiese kwalifikasie. En dat hy hulle op 'n dwaalspoor beduie het deur voor te gee Namakwaland is Davel se vakansiebestemming van voorkeur. "Hulle was deeg in my hande."

Vasie swaai hom dadelik lof toe oor sy vernuftige denkvermoë. Maar sy ander makkers toon nie dieselfde geesdrif nie.

Die kommerlyne op Liesbet se voorkop lê diep. "Dit kôn gevôrlik rôk, Hôns. Hulle kôn gewôpen wees."

Ou Nella stem met wippende nekhamme saam.

"En ons het nie die kundigheid om hulle spelpatroon deeglik te ontleed nie," sê Senter.

"Ons sal hierdie sending moet aborteer," gee Wieletjies haar verdoemende mening.

"Ek sekondeer," sê Maatjie.

Hans besef sy ergste vrese is pas bewaarheid. Sy makkers is net helde in vredestyd. Sodra die oorlogswolke saampak, wil hulle rieme neerlê. Hy sal boonop nie nou op eie wieke kan dryf nie. Hy het nie 'n ryding of 'n gelisensieerde bestuurder in diens om hom rond te karwei as hulle met die kombi vort is nie. Hy sal nou diép moet grawe in sy vermoë om sienswyses te versit.

Hans staan uit sy stoel op en strek sy arms stadig uit om kalm gemoedere aan te wakker – 'n metode wat dominee Colyn gereeld inspan om sy gemeente se angs oor Beëlsebul, owerste van die duiwels, te besweer.

"Liewe reisgenote en slagoffers van die Davel-komplot, ons kan nie nou ons heil in vlug soek nie. En dit net omdat die wind uit die verkeerde hoek waai nie. Met Job se geduld en Salomo se wysheid aan ons kant, gaan ons hierdie spoedwalletjie maklik oorkom."

"Dis nie 'n spoedwôlletjie nie, Hôns, dis 'n helse hoë muur. Hoe gôn ons dôroor kom?" vra Liesbet.

"Deur hoër te vlieg as wat ons vlerke lank is."

Hans merk dat hierdie stelling van hom sy makkers dwing om hulle gedagtes bymekaar te maak. Maar voor iemand wonder hoe dit prakties uitvoerbaar is, slaan hy weer toe. "Die broers se teenwoordigheid is net 'n bykomende kettinkie aan ons been. Dit gaan nie veel dinkwerk vereis om dit te knip nie. En heel moontlik het die skakeltjie vanself gebreek en is die wanstaltige tweemanskap al op pad Namakwaland toe. Om nou knieë in die wind te wil slaan, is nie die oplossing nie." Hy bly 'n oomblik stil vir effek. "Of is julle gediend daarmee dat ons die beloning van honderd-en-vyftigduisend rand op 'n skinkbord aan twee imbesiele oorhandig, net omdat party van ons onheilspellende samesweringsteorieë troetel? Ek roep 'n nee-stem daarvoor uit. My gevoel is dat ons die swaard uit die skede trek en onverpoos voortgaan met ons Davel-soektog. Dit is die enigste manier om die slagveld te behou."

"Hoor-hoor!" skreeu Vasie.

"Noudat jy dit so stel, Hans, sekondeer ek ook jou mosie om nie tou op te gooi nie," gee Maatjie sy steun.

"Haak daai bal, Blokkies!" laat Senter van hom hoor, wat Hans as 'n gunstige reaksie beskou.

Wieletjies en ou Nella gee mekaar 'n high-five.

Liesbet forseer 'n flou kopknikkie uit om aan te dui dat sy ook nou aan boord is.

Met dié dat almal weer onder dieselfde deken slaap, stel Hans voor dat hulle 'n watergat in die dorp gaan besoek "sodat ons 'n klein deeltjie van die begroting kan inspan om ons lewers lekker nat te kry".

Sy voorstel word met groot akklamasie begroet.

## 26

Soos dit 'n leier betaam, het Hans gisteraand streng maatreëls neergelê toe hulle die watergat besoek. Op sy aandrang, en ondanks Vasie se luide protes, is elke spanlid tot twee enkelsopies beperk. " 'n Bandelose oorgawe aan tiermelk sal ons helderheid van verstand ondergrawe – iets wat ons in hierdie noodtoestand nie kan bekostig nie," het hy sy saak kragdadig gestel.

Hy was ook bang dat sommige van sy reisgenote los en vas oor Davel sou praat as hy hulle sonder 'n leiband deur die wingerd laat loop. Daar was te veel vreemde ore in die kroeg om daardie kans te waag.

Maar hulle besoek het darem nie dadels opgelewer nie. Hans het 'n paar navrae by kroeggangers gedoen, dié keer wel in 'n veel versigtiger trant as voorheen. Hy was bedag daarop dat daar dalk ook ander Nollies en Tollies in omloop is.

"Julle weet nie waar ek 'n rooi Merc-sportmodel met 'n afslaankap te koop kan kry nie?" het hy 'n groepie luidrugtige bierdrinkers gevra.

Nadat hulle 'n string tweedehandse motorhandelaars se name afgerits het, het een kêrel met 'n wit skuimlaag op die bolip sy oë op skrefies getrek. "Ek het toevallig 'n week gelede presies só 'n plat gevaarte in Saldanhabaai se hoofstraat sien ry. Maar dit moet 'n vakansieganger wees, want die motor het 'n CY-nommerplaat gehad."

Hans was so oorweldig deur daardie nuus dat hy amper sy

waaksaamheid prysgegee het. Dit was op die punt van sy tong om die man te vra of hy die bestuurder kan beskryf. Maar só 'n vraag sou agterdog kon wek, het hy net betyds besef.

Gisteraand wou hy nie hierdie allerbelangrike inligting aan sy kollegas in die kroeg oordra nie. Hy was bang dat Vasie se "Jou biesiepol!"-uitroep en Senter se haka die aandag op hulle sou vestig. Enige teeninsurgensie-eenheid wat sy sout werd is, sou wegskram van sulke blootstelling.

Daarom het hy besluit om die nuus eers tydens oggendkoffie aan sy troepe te breek. Terwyl hy wag dat almal van die ablusieblokke terugkeer, is hy opnuut bly dat hy gisteroggend tydens sy Hoofweg-ekspedisie vinnig by 'n apteek in is om oorpluisies te koop. Hy voel half skuldig dat hy dit met toergeld gedoen het, maar troos hom daaraan dat dit ter wille van die groter saak is. As leier en strateeg van die groep, is dit in almal se belang dat hy 'n goeie nagrus geniet. Hoewel hy in die donker ure nog uitgelewer was aan die rumoerige snorkserenade, was die klanktrillings gedemp en kon hy hom ongestoord oorgee aan 'n soete nagrus.

Hy staan op uit sy kampstoeltjie toe Wieletjies aankondig dat die koffiewater op die tweeplaat-gasstofie kook. Terug by sy stoel met 'n beker stomende koffie in die hand, merk Hans dat almal buiten ou Nella terug by die staanplek is. Hy sug. Hy kan haar seker nie kwalik neem nie. Sy het baie meer voue en gleuwe aan die lyf om 'n waslap deur te trek as hulle ander.

Ná 'n frustrerende tien minute kom sy uiteindelik aangekruie van die ablusieblokke af. Swaar van been en boud beweeg sy teen 'n slakkegang, wat Hans grensloos irriteer. Hulle kan nie bekostig om soggens van persketyd tot ewigheid te neem voor hulle die pad vat nie. Hy maak 'n vinnige aantekening daaroor in sy notaboekie om dit as 'n agendapunt by 'n volgende vergadering aan te roer.

Met ou Nella ingeburger in haar stoel, waarvan die pote met elke sitslag verder en verder uitbuig, skraap Hans sy keel. Hy vertel hulle van sy gesprek met die bierdrinkers en die opspraakwekkende nuus wat daaruit voortgevloei het.

"Jou ou biesiepol!" roep Vasie uit terwyl Senter summier 'n haka uitvoer. Hans glimlag onderlangs. Hy hoef nie dolosse te gegooi het om dít te kon voorspel nie.

"Ja, mense," sê hy, "ons raak nou al hoe warmer op Davel se spoor."

"O my spoor, gee my 'n mes om mee te moor!" roep Wieletjies uit.

Dit laat Hans vinnig nog 'n aantekening in sy boekie maak. Dalk glad nie so 'n slegte idee om een van hulle eetmesse saam met hom te dra nie. Dit sal darem as 'n mate van beskerming dien as daar ooit 'n geweldsituasie uitbreek. Maar hy gaan nie hierdie besluit aan die groot klok hang nie. Dit sal Liesbet net opnuut aapstuipe gee. En kalmte van gees onder sy troepe is nou 'n stipulasie van belang.

Ná 'n kort beraad besluit die groep dat hulle sal aanhou om die Leentjiesklip-woonwapark as 'n tydelike hoofkwartier in te span. Hulle kan hiervandaan hulle sendings van stapel stuur. Met Saldanhabaai net 'n hanetree van hier af, sou die karavaan boonop net 'n blok aan die been wees en die kombi se reeds beskeie snelheid verder kortwiek.

'n Gees van plesierige meevoering heers in die kombi toe hulle die pad Saldanhabaai toe vat. Die vooruitsig dat hulle dalk vandag Davel se skuiling kan identifiseer, dra baie daartoe by.

"Sê ek vir myselwers as ons die vent vandag vastrek, kan ons vanaand 'n paartie hou wat alle grense van matigheid ignoreer. Ons kan genoeg palmietsop aankoop om vir 'n paar dae in die hoenderhemel te vertoef," laat Vasie hoor terwyl hy sy hande geesdriftig teen mekaar vryf.

Ou Nella, met marsjerende nekhamme, beloof om dan 'n feesmaal voor te berei wat konings sal laat kwyl. En dit laat Wieletjies uitroep: "O my koning, gee my 'n vet lamsboud as beloning!"

Hans glimlag. Hierdie uitspattige geesdrif onder sy makkers is die regte tonikum om sukses op die slagveld te waarborg.

Hy kyk terloops in die kombi se kantspieëltjie. Kyk dan weer met groter intensiteit, om seker te maak sy oë flous hom nie.

Dit voel of iemand hom aan die keel gryp.

Skaars twintig meter agter hulle is 'n ligblou negentienvoertsek-Kewertjie. Die besef kom abrup by hom op: Wikus en Drikus, ook bekend as Nollie en Tollie, agtervolg hulle!

Hans beleef 'n kortstondige breinfloute. Hy sit skrikgeanker in sy sitplek. Dit is asof hy deur 'n stikdonkerte omhul word en sy gedagtes weier om helderte te bring.

Met etlike asemhalingsoefeninge wat hy in die korporatiewe wêreld aangeleer het vir wanneer hy in 'n hoek is, dwing hy kalmte in sy gemoed, wat sy denke weer op koers kry.

Hy assesseer dié rampspoedige situasie. Hy het met die terugvoering aan sy makkers enige melding van die broers se vervoermiddel tersyde gelaat. Die teenwoordigheid van die Kewer agter hulle sal dus nie ongemak by hulle aanroer nie. Om nou daarvan melding te maak, gaan grootskaalse paniek meebring. Dit is nié 'n opsie nie.

Hans besef daar wag kolossale uitdagings op hom. Hy kan nie bekostig om nou soos 'n Patrys-speurder te dink nie. Hy sal onverwyld moet oorskakel na 'n hoër Sherlock-rat om hierdie wa deur die drif te trek.

## 27

Hans grawe verbete na situasies uit sy verlede toe hy in soortgelyke dikkedensies was. Hy moet ver teruggaan op die almanak om 'n geval te herroep wat naastenby met sy huidige dilemma vergelykbaar is.

As matriekseun in die koshuis het hy eenkeer vernuftige dinkwerk ingespan om 'n agtervolger suksesvol op 'n dwaalspoor te bring. Die seuns mag tydens weeksdae nooit die koshuisterrein verlaat het nie. Hans het egter gereeld Donderdagmiddae uitgeglip om 'n fliek in die Ritz te gaan kyk. Op daardie gegewe dae was 'n stadsleerling, en 'n boesemvriend van hom, in beheer van die kaartjieverkope. Hy het Hans altyd gratis toegang gegee.

Op dié Donderdag het *Lifeboat* van Alfred Hitchcock gewys, 'n fliek van mense wat op die Noord-Atlantiese Oseaan in 'n reddingsboot saamgedwing is. Daar was by Hans min twyfel dat hy die fliek móét gaan kyk, want sy vriend het dit hoog aangeprys.

Hy het soos gewoonlik by die agterste hekkie van die koshuisterrein uitgegaan en doodluiters in die straat afgestap. Maar hy het nie rekening gehou met meneer Skim Snyman, inwonende onderwyser in die koshuis, nie. Dié leerkrag het sy bynaam gekry oor sy vermoë om gedurende studietye so geruisloos soos 'n wandelende gees by die seuns se kamers aan te doen om te verseker hulle is besig met skoolwerk. Word jy met 'n storieboek betrap, was drie houe met die rottang jou voorland. Hy was 'n man van die reël, en het onmenslike straf van tot ses houe opgelê aan seuns wat op ander maniere koshuisregulasies ondermyn het. Ses houe het die pyndrempel van wat 'n normale skoolseun kan verduur, ver oorskry. Hans onthou hoe geharde eerstespan-rugbyspelers trane met tuite gehuil het ná so 'n loesing. Selfs 'n ervare bukker soos Rubberboud van Niekerk, 'n seun met meer oortredings op sy kerfstok as enige ander koshuisganger, het snikkend na sy ma geroep toe hy ses van Skim se bestes kry. Daarna was Rubberboud vir die res van sy skoolloopbaan die voorbeeldigheid self.

Toe Hans oudergewoonte vlugtig omkyk om te verseker dat sy tog na die Ritz nog sonder stampe en stote verloop, het hy amper sy Wilson-toffie heel ingesluk toe hy Skim in die verte gewaar met sy kenmerkende sluipende houding.

Die skrikaanjaende moontlikheid van ses rottanghoue het hom met wapperende skoolbaadjiepante soos 'n ribbok die hiele laat lig. Hy was seker dat Skim hom nie op so 'n groot afstand herken het nie, maar dit was 'n skrale troos. Die onderwyser moet besef het dit is 'n koshuisganger, want die agterpad het dan reg verby die koshuisterrein geloop. Boonop het Skim, 'n skraal, seningrige kêrel in sy laat dertigs, elke jaar aan etlike marathons deelgeneem. Hardloop was in sy gebeente.

Hans het so vinnig beweeg dat hy 'n paar keer amper onder homself uitgehol het. Toe hy uitasem die rand van die dorp se sakekern bereik, het hy gereken dat hy sy voorsprong op Skim behou het. In 'n prysenswaardige oomblik van helderheid het hy by 'n pandjieswinkel ingehardloop. Hy het sy splinternuwe skoolbaadjie, wat sy pa teensinnig vir hom aan die begin van sy matriekjaar moes koop omdat die oue drie nommers te klein was, verpand vir 'n verslete jas, keps en donkerbril. 'n Wit kierie in die hoek van die winkel het ook sy oog getref. Hy het sy horlosie verruil vir die kierie. Die winkelier moet gesien het hy verkeer in ernstige nood, want die transaksie is binne 'n minuut afgehandel.

Met die keps laag oor sy voorkop getrek, die jas se kraag hoog opgeslaan en die donkerbril op, het Hans met die kierie by die oorkantste straathoek gaan staan, met sy hand uitgesteek in 'n bedelgebaar.

Sekondes later het Skim rooi in die gesig om die hoek gestoom. Hy het 'n paar voetgangers voorgekeer om navrae by hulle te doen. Dié het net hulle skouers opgetrek.

Hans se hart het in sy bors getamboer toe hy merk Skim steek die straat oor en draf in sy rigting. Sy vertrekte gesig en ontblote tande het daarop gedui dat die duiwel sy gemoed bloots ry. Hy het Hans die stuipe op die lyf gejaag toe hy by hom vassteek. Hans was oortuig dat sy vermomming ernstige gebreke het en die onderwyser hom herken het.

Maar Skim het in sy broeksak gegrawe en 'n sikspens te voorskyn gebring. Dit toe ewe in Hans se uitgestrekte hand gesit voor hy met 'n vaartversnelling om die hoek verdwyn het.

Hans het nie op hom laat wag nie. Hy het die kierie onder sy arm vasgeknyp en knieë in die wind geslaan terug koshuis toe. Hy het net vlugtig by 'n kafee aangedoen om 'n sak vol Wilson-toffies met die sikspens te koop.

Nou, terwyl Hans en sy makkers Saldanhabaai se buitewyke bereik met die Kewer nog kort op hulle hakke, besluit hy om inspirasie uit daardie Skim-voorval te put. Daar is buitendien geen ander gevallestudies uit sy verlede om op terug te val nie.

Hans se kop skakel oor na die hoogste versnelling. Eerstens is dit belangrik om die broers se vergrootglas van sy makkers af te haal, want hulle het opdrag om in die sakekern oor Davel uit te vis. Hulle onprofessionele navrae sal verdere agterdog by die broers ontketen.

Daar is net een uitweg, besluit Hans, en dit is op sigself 'n sprong in die duister.

Tot almal in die kombi se verbasing vra hy Senter om hom neffens 'n woonbuurt af te laai. "Dit sal goed wees om ook in die residensiële areas subtiele intelligensiewerk te doen, wat ek op my neem om te hanteer." Hy sê hy sal Senter bel wanneer hy hom moet kom oplaai en wens sy span sterkte toe met hulle taak in die sakekern.

Soos Hans gehoop het, skep hierdie maneuver verwarring by hulle agtervolgers. Toe hy in die eerste die beste straat af loop, sien hy uit die hoek van sy oog dat die Kewer hom gevolg en op 'n veilige afstand geparkeer het – die resultaat waarop hy gehoop het.

Deeglik bewus daarvan dat die broers se volle aandag nou op hom is, slaan hy Skim Snyman se sluipende houding in om die persepsie van 'n spioenasiesending suurstof te gee. Hy beweeg gebukkend van boom tot boom op die sypaadjie. By elkeen vertoef hy 'n wyle om die betrokke huis eers te bespied deur verdag om die stam te loer.

Die sesde huis in die straat lyk na 'n geskikte teiken, besluit hy. Die gordyne is dig toegetrek en die gras in die voortuin staan enkelhoogte. Hans vermoed dit is iemand se vakansiehuis, want duidelik het dit lanklaas aandag gekry.

Met die beeld van sy blinde-bedelaar-vermomming waarmee

hy Skim geflous het helder in sy gedagtes, maak hy aanpassings in sy strategie om 'n soortgelyke fopaksie uit te voer. Eers maak hy of hy met sy selfoon foto's van die huis neem. Hy pluk ook sy notaboekie uit om die indruk te skep dat hy verbete aantekeninge maak. Dan benader hy die huis se voorhekkie gebukkend en maak dit oop. Hy sluip met die klippaadjie langs na die voordeur, waar hy klop. Dan loer hy tydsaam deur skrefies in die gordyne by die ry voorste vensters.

Tevrede dat sy optrede ooreenstem met dié van 'n uitgeslape verkenner, sluip hy weer by die voorhekkie uit. Selfoon teen die oor stap hy terug straataf, in die Kewer se rigting. Die twee broers duik in gelid plat om uit sy gesigsveld te kom.

Toe Hans by die Kewer kom, merk hy dat die voorste ruite afgedraai is. Dit spoor hom aan om kamstig hard op sy selfoon te praat: "Ja, ons weet nou waar Javel slaap. Hy is nie tans daar nie, maar soos ons reeds vasgestel het, kom hy gewoonlik om middernag terug na die huis."

Toe hy die hoofpad bereik, bel hy Senter om hom te kom oplaai.

Terwyl hy wag, kyk hy onopmerklik rond. Daar is geen teken van die tweeling nie.

Hans glimlag. Hulle gaan tot 'n hele ruk ná middernag nie 'n duim uit daardie straat wyk nie.

## 28

Hans besef hy het die tweeling se intellek onderskat. Hulle is toe nie so onnosel soos hulle lyk nie. Hy kon hulle nie koudlei met sy storie dat Davel in Namakwaland vakansie hou nie. En hulle het met flink kopwerk die kombi agtervolg totdat hy hulle op 'n syspoor gegooi het.

Hy sal voortaan oë van voor en agter moet hê.

Tydens vanmiddag se verslagvergadering was dit duidelik dat Davel wel in Saldanhabaai was, maar dat hy sedert 'n week gelede nooit weer sy teenwoordigheid daar getoon het nie. Wieletjies, Maatjie en Vasie het by 'n paar mense op die dorp hiervan bevestiging gekry.

Die gevolgtrekking waartoe die groep ná 'n uur lange debat gekom het, was dat Davel sy tentpenne in Saldanhabaai opgetrek en toe verder noordwaarts beweeg het. Met Maatjie se kampeeraanwysings as riglyn, is daar toe besluit om môreoggend op te pak en via Vredenburg na hulle volgende hoofkwartier te reis: die Tietiesbaai-kampeerterrein naby Paternoster.

Hans is vol vertroue dat die tweeling hulle nie soontoe sal agtervolg nie. Hy't 'n vermoede hulle sal die Saldanhabaai-huis nog 'n dag of twee dophou voor hulle besef hy het hulle oogklappe aangesit.

Hulle laaste middag by die Leentjiesklip-woonwapark verloop nie sonder drama nie. Die drie vroue kla steen en been oor die vlooiplaag, wat intussen van ou Nella se vleuel in die karavaan na Liesbet en Wieletjies se slaapkwartiere uitgebrei het. Terwyl ou Nella al krappende die omvang van die plaag beskryf, gee die kampstoeltjie met 'n skerp klapgeluid finaal onder haar mee. Haar landing is genadiglik sag, en soos Senter dit stel, "is dit nie nodig om haar op die krukkelys te plaas nie. Sy sal môre gereed wees om uit te draf Tietiesbaai toe."

Om die vroue se gemoedere te kalmeer, word Senter en die finanskomitee afgevaardig om vlooigif en 'n stewige kampstoel vir ou Nella by die supermark op Langebaan te gaan koop.

Vasie se beswaar dat hulle beskeie drankbegroting ernstig daardeur geknou gaan word, ontketen 'n nuwe debat.

Hans neem sy vertrek en gaan sonder hom af by die braaiplek, om te bepaal hoeveel kaarte hy nog in die mou het om 'n hernude aanslag van die tweeling af te weer.

Maar die gelui van sy selfoon steek 'n stokkie daarvoor.

Hy sug. Carla. Sy het hom al drie keer gebel sedert hulle op die pad is, wat hy elke keer geïgnoreer het. Hy sal seker nou moet antwoord om haar nie in 'n staat van volslae histerie te dompel nie. Die kind het eintlik ernstige sielkundige probleme.

"Hoekom beantwoord Pa nooit die foon nie? Ons kinders is al van ons koppe af omdat ons niks van Pa hoor nie," val sy weg.

Hans besluit om sy kuite onmiddellik styf te trek. "Ek het gesê jy moet my nie mal bel nie. Ek sal jou laat weet as ek nuus het. En tot dusver is daar niks om te rapporteer nie."

Sy snork. "Dit glo ek ook nie. Ná Pa se infame leuens is dit moeilik om iéts te glo wat uit Pa se mond kom."

"Infame leuens?"

"Moet Pa tog nie so onskuldig hou nie. Toe Ben my vertel dat julle kwansuis Bakkies Botha se beskerming op die toer het,

het ek dadelik geweet dit is een van Pa se verdigsels. Dis net die naïewe Ben wat so 'n verregaande storie sal sluk. Ek het 'n ou skoolvriendin van my in Pretoria gebel. Sy het vinnig vasgestel dat Pa inderdaad kluitjies bak. Haar buurman oefen elke dag in die gimnasium saam met Bakkies Botha. En volgens die buurman het Bakkies nog nie dié week 'n dag oorgeslaan nie. Hy is so min saam op julle Weskus-toer as wat daar 'n man op die maan is."

"Laasgenoemde feit is nog nie bo alle twyfel deur wetenskaplikes bewys nie."

"Om hemelsnaam, Pa, moet my nie met snertpraatjies probeer ontspoor nie!" skril haar stem in sy oor. In sy geestesoog sien hy hoe haar neusvleuels soos die kieue van 'n vis op droë grond oop en toe klap. Dit gebeur altyd wanneer sy 'n vloermoer gooi.

"Dit was 'n voorvereiste van ons kinders dat Pa iemand kry om julle veiligheid te waarborg," tier sy voort.

"Sluk 'n chill-pil, Carla," gebruik Hans 'n uitdrukking wat hy op 'n keer by een van sy kleinkinders gehoor het. "Ons het beskerming."

"En wie gee dit nogal vir julle?"

"Een van ons toerlede."

"Wie's dit?"

"Nella Vos. Sy was 'n formidabele gewigstoter op haar dae. Swaar van been en boud, sal sy enige kwaaddoener opfrommel."

"Hoe oud is sy?"

"Nog relatief jonk."

"Hoe jonk is relatief jonk, Pa?"

"Ses-en-tagtig."

Carla gee haar lelike lag. "Pa speel seker! Om so 'n bejaarde tannie te wil voorhou as julle veiligheidswag, moet die belaglikste stelling wees wat ek nog gehoor het!"

"Dis glad nie so belaglik nie. Sy het juis vandag haar kampstoel platgesit. Die vrou ken nie die einde van haar krag nie."

"Los asseblief Pa se bogstorietjies. Ek het met die ander kinders gepraat. Ons is bereid om 'n bedrag te bewillig vir iemand wat as julle veiligheidswag kan optree."

Dit gryp Hans se volle aandag. So 'n bedrag kan opmaak vir hulle vergifnisboete aan die kerk en as 'n volwaardige drankbegroting dien. "Dis baie gaaf van julle, Carla. Betaal dit in my bankrekening in en dan huur ek 'n veiligheidswag op Tietiesbaai, waarheen ons môre op pad is."

Sy gee 'n laggie waarvan die meewarige toon Hans nie aanstaan nie. "Nee, ek twyfel sterk of daar op Tietiesbaai sulke dienste is. Ons kinders sal self iemand wat gekwalifiseerd is in die Kaap identifiseer en hom direk betaal. Gelukkig maak die internet dit baie maklik. Hy sal dan binne 'n dag by Pa-hulle aansluit."

Hans wil nog iets bedink om haar van haar plan te laat afsien, maar sy groet en verbreek die verbinding.

# 29

By die Tietiesbaai-kampeerterrein het Hans geen ander keuse as om die nuus van 'n veiligheidswag aan sy reisgenote oor te dra nie. Hy het reeds 'n whatsapp van Carla ontvang, wat hom ingelig het JC Security Services is op pad na hulle kampeerterrein toe. Dit is 'n Kaapstadse firma met onder meer 'n tak in Saldanhabaai. *Die man sal dus vandag nog by Pa-hulle aankom*, het sy geskryf.

"Nadat ek teenoor my dogter in Kanada genoem het dat sommige van julle effe kopsku is vir die geringe gevare verbonde aan ons ekspedisie, het my kinders vir ons 'n veiligheidswag gehuur. Hy sal ons metterwoon vergesel," sê Hans vir sy reisgenote.

"Dit is die beste nuus nog, Hôns! Nou kôn ek ook ontspôn," verklaar Liesbet.

"Ons het nog altyd 'n impakspeler van die bank af nodig gehad," verleen Senter ook sy goedkeuring.

"O my wag, gee my 'n man met ongekende gewapende mag!" roep Wieletjies uit.

Hans knik. "Ek glo dat hy tot die tande toe gewapen sal wees."

Vasie spreek wel 'n voorbehoud uit. "Ek is ten gunste van so iemand se dienste, solank hy net nie 'n verdere las op ons begroting plaas nie."

Maatjie sekondeer Vasie se stelling.

"Soos ek verstaan, sal hy ten volle instaan vir sy eie verblyf-, vervoer- en voedseluitgawes," besweer Hans sy maters se vrese. As dit nié die geval is nie, sal hy die kontrak summier kanselleer, besluit hy.

Terwyl die groep hulle nou inburger op 'n sandduin by die kampeerterrein, is Hans verlig dat die tweeling in hulle afwesigheid geskitter het op pad soontoe. Sy voorgevoel was toe klaarblyklik reg – dat hulle steeds daardie huis op Saldanhabaai met arendsoë bespied.

Hulle het voedsel- en drankaankope op Vredenburg gedoen om vanaand hulle verblyf by die nuwe hoofkwartier feestelik af te skop. Dié keer is daar geen besware geopper teen Vasie se oordadige aankoop van lawaaiwater nie. Dit blyk dat die groep hulle gewillig in die arms van Bacchus begewe het en dat die krimpende begroting nie vir die finanskomitee 'n onmiddellike kwelling des geestes is nie.

'n Paar navrae op Vredenburg oor die rooi Merc het geen resultate opgelewer nie. Dit is duidelik Davel het nie daar nes geskrop nie. Maar Hans se mening dat hy heel moontlik op Paternoster skuil, vind groot aanklank by almal. Hy verwelkom dit dat sy makkers weer in die dolliewarie is. Dit is die gees wat nodig is om resultate uit te skud.

Die groep oe en aa oor die wonderlike uitsig op die see van hulle staanplek af, wat gemoedere verder laat lig. Hierdie toer was net die regte medisyne vir die beklemmende virus-inhokking waaronder hulle so lank gebuk moes gaan, dink Hans.

Liesbet sien die kar eerste raak. Sy beduie na die pikswart Golf met 'n flikkerende blou lig op die dak, wat teen 'n verbysterende spoed op hulle staanplek afpyl. "Ek dink ons lyfwôg is hier, Hôns."

Die Golf kom abrup in 'n stofwolk tot stilstand op die sandduin langs die kombi. Eers toe die stof begin sak, sien Hans daar is *JC Security Services* in goue letters op die bakwerk aangebring. 'n Slagspreuk, *We protect*, staan onderaan in kleiner wit letters.

'n Plomp mannetjie klim by die kar uit. Hans se eerste waarneming is dat hy nie 'n duim langer as vyf voet vyf kan wees nie. Hy het 'n swart uniform aan, met *JC Security Services* op die bosak geborduur. Aan sy lyfband hang 'n flits, knuppel, selfoonhouer, verkyker en waterbottel. Sy uniform se broekspype is by blinkgepoetste oprygstewels ingedruk.

Die kêreltjie se koeëlronde gesig is rooi en besproet, sy roesbruin hare in 'n middelpaadjie gekam. In sy dertigs, skat Hans. Dit lyk of hy op aandag langs die Golf staan.

"Is dit die Hans van Kraaienburg-geselskap?" vra hy in 'n hoë rasperstemmetjie.

Hans tree as woordvoerder van die toergroep na vore. "Dis ons, ja."

Daar breek 'n glimlag op die ronde gesig. "Veiligheidsoperateur Proppie Peens tot julle diens, gesetel by ons firma se tak op Saldanhabaai."

Hans steek sy hand uit om blad te skud, maar die kêrel neem dit nie.

"Ek gaan netnou nader met almal kennis maak," sê hy verskonend. Hy buk, steek sy arm by die Golf se oop ruit in en bring 'n walkie-talkie te voorskyn, wat hy dadelik aktiveer en teen sy mond hou.

"Kom in, Nommer Een . . . Kom in, Nommer Een."

Hy wag 'n wyle voor hy weer praat. "Nommer Twee hier. Ek

wil net rapporteer dat die eerste been van Operasie Tietiesbaai suksesvol afgehandel is. Ek het pas kontak met die groep bewerkstellig."

'n Krakende stem antwoord. Proppie Peens knik. "Ek het reeds 'n vinnige oog oor die terrein gegooi. Volgens my waarneming kan dit as veiligheidsvlak twee geklassifiseer word. In dié stadium geen lewensbedreigende aktiwiteite gewaar nie, maar ek sal die terrein later deeglik inspekteer en verslag doen."

Hy luister weer aandagtig. "Reg so, Nommer Een. Oor en uit."

"Sê ek vir myselwers dit klink na 'n professionele onderneming," fluister Vasie in Hans se oor.

Hans is nog nie heeltemal daarvan oortuig nie. Die potsierlike figuurtjie beïndruk hom nie. Proppie Peens laat hom dink aan een van die tuinkabouters voor Huis Madeliefie se roosbedding.

Proppie kom met kort, marsjerende treetjies terug na die groep toe, en steek 'n besproete pofferhandjie na Hans toe uit. Hans is verlig om te voel dat sy handdruk darem stewiger as Javel Davel s'n is.

Hy groet almal op 'n ry af, gaan staan dan voor hulle en vryf sy hande teen mekaar. "Enige vrae van julle kant af voor ek 'n risiko-analise van julle situasie doen?"

"Is die knuppel jou enigste wôpen?" vra Liesbet bekommerd.

Proppie glimlag. Hy haal die knuppel behendig uit die skede aan sy lyfband. Dan begin hy dit te draai, te swaai en in die lug op te gooi soos 'n trompoppieleidster met haar staf. Hans moet toegee dat hy oor vlugtige handwerk beskik.

"Hierdie outjie, gekombineer met sekere riglyne van die

Oosterse gevegskuns, is die dodelikste wapen in enige veiligheidsman se arsenaal. By JC Security Services het ons nie skietgoedjies nodig nie."

Wieletjies is erg beïndruk: "O my knuppel, gee my 'n terrein om op te huppel!"

Die ander knik, maar met minder geesdrif as sy.

Hans haal sy selfoon uit sy sak toe hy 'n whatsapp-biep hoor. Carla.

*Is julle veiligheidsman daar?*

Hans tik terug: *Ja, al vyf voet vyf van hom.*

*Wat bedoel Pa?*

*Jy het vir ons 'n tuinkabouter gehuur*, laat weet hy terug en druk die foon in sy sak.

## 30

Op Proppie Peens se versoek gee Hans 'n uiteensetting van die "lewensbedreigende elemente" wat die toergroep in die gesig staar.

Terwyl hy hom vertel dat hulle op soek is na 'n skarminkel wat hulle spaargeld verduister het, maak die veiligheidsoperateur naarstig aantekeninge in 'n notaboek.

Hy onderbreek Hans gereeld met vrae.

"Voorkoms van die boosdoener?"

"Skraal gepostuur. Pap mondjie en smal voorkoppie. Bos swart krulhare en moestas," antwoord Hans in staccato-styl.

"Persoonlikheidseienskappe?"

"Geslepe, glibberig, slinks en onderduims."

"Middel van vervoer?"

"Rooi Merc-sportmodel met 'n afslaankap."

"Moontlike toevlugsoord?"

"Iewers kuslangs tussen Paternoster en die Namakwaland-distrik."

"Enige vorige veroordelings?"

"Hy was betrokke by 'n seebamboes-slenter."

Proppie staar peinsend voor hom uit, fluit dan saggies deur sy tande. "Ons het hier met 'n kategorie drie-krimineel te doen. Uiters gevaarlik wanneer hy in 'n hoek vasgekeer is."

Verskeie toerlede trek hulle asems skerp in.

"Ons sôl nóg versigtiger moet wees, Hôns," prewel Liesbet.

"Enige ander vyandelike magte waarmee ek rekening sal moet hou?" vra Proppie.

"Daar is twee broers wat ook na hom soek, wat ons groep sal wil voorspring," sê Hans. "Ons kan van hulle geringe teenstand verwag. Dis twee telegraafpale wat aan Marsmanne herinner en sliertig geklee is. Hulle opereer onder verskeie aliasse."

Daar slaan 'n frons op Proppie se voorkop uit. "Insurgente val outomaties in 'n kategorie vier-bedreigingsklas." Hy skud sy kop. "Ek is bevrees die vlak van gevaar waarin julle verkeer, het nou van oranje na rooi opgeskuif."

Hans merk dat sy reisgenote onrustig rondkyk. Proppie is besig om hulle in 'n staat van angsbevangenheid in te praat.

Hy is daarom verlig om te hoor dat die veiligheidsoperateur nou 'n "terreinevaluering" gaan doen. Dit sal hom kans gee om sy troepe weer met selfvertroue toe te rus.

Toe Proppie al marsjerend van hulle wegbeweeg, stel Hans voor dat hulle gerus nou die vuurmaakhout kan opstapel en 'n paar glasies op hulle nuwe hoofkwartier klink. Dit sal samehorigheid bevorder en hom die geleentheid gee om sy maats se besoedelde gemoedere te ontgif.

Toe elkeen 'n versterkinkie in die hand het, begin Hans met sy rede. "Julle moet Proppie se verdoemende uitsprake maar met 'n knippie sout neem. Javel is g'n bedreiging vir een van ons nie. Iemand wat drie keer onderbroeke op 'n vliegrit moet ruil, is niks anders as 'n papperd nie. Troos julle daaraan dat hy veel banger vir ons is as ons vir hom." Hy hou sy vinger omhoog. "En die tweeling se verstandelike beperkings maak hulle slagoffers van swak oordeel. As julle my vra, is hulle nou al soekende na Javel in Namakwaland."

Hans merk dat sy woorde 'n kalmerende invloed op sy makkers het. Selfs die gespanne Liesbet hou haar hand uit sodat Vasie haar glas kan opvul.

Proppie se maneuvers ondermyn egter die serene atmosfeer wat Hans probeer skep het. Die veiligheidsoperateur se kop duik aanhoudend agter 'n sandduin, karavaan of bos op. Vir enige waarnemer moet dit lyk of hy na versteekte landmyne soek. Dit skep van voor af 'n onrustigheid onder die toergeselskap.

Net toe die vuur hoog brand, kom Proppie met mening teruggestap na hulle staanplek. Hy kyk nie eens in hulle rigting nie, strek net om sy walkie-talkie uit die Golf te haal.

"Kom in, Nommer Een . . . Kom in, Nommer Een."

Die groep hoor die krakende stem van Nommer Een.

"Hiermee my verslag oor die terreinrisiko's vir die kliënte," sê Proppie, pluk sy notaboekie uit sy bosak en bestudeer dit intens. "Die oostelike omgewing is redelik veilig. Dis bebos, met sandduine van wisselende hoogte, wat terreinbetreding amper onmoontlik maak. Maar die noordelike en suidelike omgewing leen hulle tot maklike toegang tot die kampeerterrein. En 'n aanval vanaf die see is in die weste ook nie uitgesluit nie."

Hy tuur dramaties na bo. "Gelukkig is die kans op lugaanvalle gering, maar ek sal die bedrywighede in die lugruim gereeld monitor."

Waarvan praat die vent? wonder Hans. Hier is net seevoëls.

Proppie kyk na die toergroep, wat te midde van 'n geskokte stilswye die ene ore is. Hy praat afgemete en sy rasperstem klim na 'n nuwe toonhoogte. "My finale bevinding is dat ons hier met 'n kategorie ses-sone te kampe het, wat op 'n skaal van tien minstens nege ernstige gevaarpunte inhou."

"Genôde!" roep Liesbet uit en omklem Hans se arm.

Nommer Een se stem kraak weer oor die walkie-talkie.

Proppie knik. "Ek stem saam. 'n Ossewa-formasie, soos ons voorgeslagte met soveel sukses in tye van nood uitgevoer het, is die enigste uitweg. Oor en uit."

Die veiligheidsoperateur klap sy hande teen mekaar. "Mense, ons sal nou eers moet saamwerk voor julle met enige ontspanningsaktiwiteite kan voortgaan." Hy hurk en trek met 'n stokkie 'n sirkel in die sand. "Ons moet die kombi, karavaan en my motor in 'n sirkelformasie trek. Só kan ons 'n veilige ruimte skep waarin julle kan sosialiseer. Ek het 'n eenmantent wat ek buite die Voortrekker-formasie sal opslaan, om van daar af verkenningswerk te doen en 'n eerste verdedigingslinie te vorm."

Dis asof Proppie 'n handgranaat tussen Hans se makkers ingegooi het. Almal skarrel stofopskoppend rond om sy instruksies na te kom. Die kombi word verskuif en die karavaan word in posisie gesleep.

Hans doen nie mee aan die sirkus nie. Sy moermeter het te hoog gestyg. Proppie Peens is net so in die bol gepik soos Senter Venter. Maar anders as Senter, het hy hierdie reis in 'n nagmerrie omskep deur ongekende paniek onder die reisgenote te laat posvat. Hy skep denkbeeldige gevare wat Hans se makkers lamslaan. En met sulke paranoïese manskappe is dié sending vir mislukking gebore.

Hans is lus en sê vir Carla sy moet dadelik Proppie se dienste termineer, maar hy weet dit sal tevergeefs wees. Sy dogter se kop is in klip gegiet. Sy laat haar nie voorskryf nie.

Om by haar oor Proppie te kerm, sal so goed wees as om die duiwel by die hel te gaan verkla.

## 31

Die veiligheidsoperateur het Hans-hulle se nagrus op elke denkbare manier versteur. Hy het al om die uur met sy flitslig by die kombi ingeskyn, waarskynlik om vas te stel of hulle nog voltallig is. Op sy versoek is die gordyne voor een van die karavaan se vensters weggetrek sodat hy ook daar gereeld "flitsinspeksies" kan hou.

Hy het die nagstilte boonop met volgehoue reëlmaat verbreek deur luide walkie-talkie-gesprekke met Nommer Een te voer. Hee tyd geklink of daar 'n heidense herrie op hulle staanplek los was soos dit gekraak en geknetter het.

Toe Vasie se blaas vanoggend vieruur aandag vereis, het Proppie Hans wakker geskud om 'n "oog te hou" terwyl hy Vasie na die ablusieblokke vergesel, knuppel al swaaiend en draaiend in die hand.

Proppie het so lastig soos 'n Aprilsvlieg geraak, en Hans wil dit nie langer duld nie. Sy hart sink in sy skoene by die vooruitsig dat Proppie die kombi met 'n flikkerende blou lig op sy swart Golf deur Paternoster se strate gaan volg. Die soektog na Davel, wat veronderstel was om onder die skyn van onskuld en subtiele navrae te geskied, word nou 'n operasie wat met trompergeskal uitgebasuin word. Met 'n kombi wat soos 'n Boswell & Wilkie-sirkuskar lyk, gevolg deur die flikkerende blou lig van 'n veiligheidsfirma, gaan hulle soos 'n kers wees waarom die motte draai. Niemand gaan hulle miskyk nie.

Hy sal vinnig 'n taktiek moet bedink om Proppie se aandag só te verdeel dat die toergroep sonder sy teenwoordigheid en blou lig hulle navrae kan doen. Noodgedwonge moet Hans weer op die spoor van sy verlede teruggaan om 'n relevante situasie in sy geheuebank op te tower.

Proppie se flikkerende blou lig verskaf die nodige vonk om sy gedagtes te kanaliseer na 'n voorval uit die redelik onlangse verlede. Hy het die jaartal aan die vergetelheid prysgegee, maar dit moet rondom 2004, 2005 of 2006 gewees het.

As afgetredene was Hans een van die min vurige Cheetah-ondersteuners in die Kaap. Tydens sy verblyf van tien jaar in Bloemfontein as deel van sy korporatiewe loopbaan in die tagtigs, het hy 'n affiniteit vir die Vrystaters se hardlooprugby ontwikkel wat hy nooit afgeskud het nie.

Toe die Cheetahs in 'n belangrike Curriebeker-botsing teen Natal in Bloemfontein te staan kom, het hy en 'n paar vriende opgevlieg soontoe en al die Woensdag in die President Hotel ingeboek om die nodige geesdrif vir die Saterdag-wedstryd te begin monster.

In hulle vriendekring was daar egter 'n fanatiese Natal-ondersteuner, Dons de Waal, wat Hans met sy grootpraatjies teen die mure uitgedryf het. Tydens 'n vurige gestryery in die kroeg, het Hans die onbesonnenheid begaan om 'n weddenskap van tweeduisend rand met Dons aan te gaan dat die Cheetahs die sterbelaaide Natal-span maklik gaan klop. Tweeduisend rand was nie 'n bedrag wat deur sy pensioeninkomste geduld sou word nie. Met die vliegrit en hotelverblyf het hy homself reeds in die skuld gedompel.

Toe Hans die Vrydagoggend wakker skrik ná nagmerries oor sy ondeurdagte dronkmansweddenskap, het hy geweet net 'n ingryping van yslike proporsies kan hom van bankrotskap red.

Die enigste mededingende voordeel wat hy gehad het, was dat die Natal-span ook by die President Hotel ingeboek was. Hans het verskillende strategieë oorweeg oor hoe om daardie gegewe tot 'n Vrystaat-sege te laat lei.

Die flikkerende ligte van die Vrystaters se afrigter, Rassie Erasmus, het die aha-oomblik verskaf. Rassie het die gewoonte gehad om 'n stel ligte op die Vrystaat-stadion se dak aan te bring, wat hy gedurende 'n wedstryd laat flikker het om sekere boodskappe aan sy spelers op die veld te stuur.

Dit was 'n plan van aksie wat opponerende afrigters landwyd laat kopkrap het.

Hans het geduldig in die hotel se voorportaal rondgedool totdat hy sien die Natalse afrigtingspan en spelers verdwyn in hulle spankamer. Met wapperende baadjiepante het hy hom soontoe gehaas en die vertrek ongenooid binnegegaan. Terselfdertyd het hy 'n paar pro-Natal-krete geuiter om die persepsie van 'n groot ondersteuner by hulle te vestig.

Die hoofafrigter het hom daarvoor bedank en toe vriendelik gevra om die vertrek te verlaat. Hulle wou finale afrondings aan hul wedstrydplan doen.

Hans het egter hulle onverdeelde aandag gekry toe hy verklaar hy het via Rassie se neef presies uitgevind watter boodskappe met die flikkerende stadionligte gesein word.

Op 'n stoel tussen die hoofafrigter en die Natalse kaptein, het hy sy gedagtes vleuels gegee. Terwyl die assistent-afrigter vervaard aantekeninge op 'n groot witbord aangebring het, het

Hans aan elke flikkerende lig 'n veronderstelde Rassie-boodskap toegeken, soos: "Die eerste lig dui op 'n breekslag om die steelkant van die skrum." Só het hy voortborduur op elke lig se boodskap. Hy het die Natallers se intense aandag so geniet dat hy naderhand stellings soos die volgende gemaak het: "Wanneer twee ligte gelyktydig flikker, kan julle maar ontspan en julle oë van die bal afneem. Dit beteken dat die Vrystaters asem moet skep vir 'n veel later aanval."

Die Cheetahs het daardie Saterdag hulle grootste oorwinning nog oor Natal behaal. In 'n Sondagkoerant het die verslaggewer geskryf: *Dit wou voorkom of Rassie se stadionligte die Natallers verwar het. Hulle aandag was heeltyd daarop gevestig, kompleet asof Rassie vir húlle tekens stuur. Toe die eerste lig flikker, het die Piesangboere se agterlyn soos 'n trop skape steelkant toe beweeg en op die kantlyn afgetou. Dit, en 'n paar ander onverklaarbare optredes deur die besoekers, het die Vrystaters keer op keer 'n oop doellyn gegee sodat hulle sonder teenstand kon drieë druk.*

Hans hoef nie lank te dink hoe om hierdie les uit die verlede op hulle huidige situasie van toepassing te maak nie. Terwyl die groep, Proppie inkluis, vroegoggend saambondel om die koffiekan, glip hy weg na die ablusieblokke.

Toe hy ná 'n kwartier terugkeer, roep hy Proppie eenkant.

"Ons het gróót probleme," sê hy in 'n fluisterstem vir die veiligheidsoperateur – nuus wat Proppie kortstondig in sy koffie laat stik.

"Wat . . . watse probleme?" stotter hy toe hy sy asem terugkry.

"Stap saam met my na die ablusieblokke," beduie Hans.

Op pad soontoe wys hy na 'n voetspoor in die sand. "Daardie betrokke patroon op die sool het ek op Langebaan waargeneem."

Proppie staar fronsend daarna.

"Dié skoen behoort aan een van die tweelingbroers wat ons agtervolg."

Daardie inligting laat Proppie na sy knuppel gryp.

"Maar dis nie al nie," sê Hans en beduie hulle moet verder stap.

Hy wys na 'n sigaretstompie half onder 'n bos in. "Ek het klaar vasgestel dit is 'n Peter Stuyvesant, wat die broers se gunsteling-rookgoed is."

Proppie buk af, tel die stompie versigtig op en plaas dit in 'n plastieksakkie wat hy uit 'n houertjie aan sy lyfband haal.

Voor die ablusieblok se ingang wys Hans na die velletjie papier wat hy vroeër op die deur geplak het. *ONS HOU JULLE DOP, VAN KRAAIENBURG. WEES GEWAARSKU!* staan daar in hoofletters om die impak van die boodskap te verhoog.

Terwyl Proppie ook die papiertjie in 'n plastieksakkie druk, prewel hy dat dit na 'n "onverbloemde dreigement" klink.

"Presies," sê Hans.

Hy trek Proppie aan die arm nader om vertroulikheid te stimuleer. "Ons kan onder geen omstandighede hierdie lewensbedreigende situasie aan my makkers noem nie. Dit sal ongekende paniek ontketen."

Proppie is daarmee eens, want hy knik homself amper van balans af.

Hans neem vinnig die voortou. "My voorstel is dat jy hierdie terrein vandag van hoek tot kant deurkruis om die ligging van die tweeling se staan- of wegkruipplek te bepaal. Ek en die groep sal intussen Paternoster toe ry om daar deur die veiligheid van die dorp en sy vriendelike inwoners omring te word, want hier is ons sagte teikens vir die broers."

"Dis presies wat ek wou voorstel," sê die veiligheidsoperateur.

## 32

Terwyl Proppie kiertsregop vanaf 'n hoë sandduin die kampeerterrein met sy verkyker bespied het, het Hans-hulle na Paternoster verkas.

Op 'n vraag van Liesbet waarom die "lyfwôg" hulle nie vergesel nie, het Hans geantwoord dat hy eers die kampeerterrein "finaal wil beveilig" voor hy by hulle op Paternoster aansluit.

Die groep lyk redelik afgemat aangesien Proppie se middernagtelike kaperjolle almal van 'n rustige nagrus beroof het. Dit plaas 'n effense demper op die dag se vooruitsigte. Hans het wakker troepe nodig om die navrae met helder denke te hanteer.

Maar hy sal moet speel met die kaarte wat hy het – afgemat ofte not. Dit gaan moontlik die laaste geleentheid wees om sonder Proppie se lastige teenwoordigheid 'n dorp te fynkam.

Hans lewer vinnig 'n kragtige motiveringsboodskap oor die belangrikheid van vandag se ekspedisie, voor Senter in 'n besige straat parkeer. Hulle kom ooreen om mekaar ná twee uur weer by die kombi te kry, en elkeen slaan sy eie rigting in.

Navrae oor die rooi Merc by 'n hardewarewinkel, kafee en slaghuis lewer vir Hans geen dividende op nie.

Nou, terwyl hy op 'n hoek van die straat staan, besluiteloos of hy in die systraatjie moet opbeweeg of verder in die hoofpad moet aanstryk, tik iemand hom op die skouer.

Hans kyk om. Die man lyk soos 'n bedelaar. Sy slonsige kleredrag en voorkoms is dié van iemand wat met die nagtrein aangekom het. Sy gesig is ongeskeer en sy hande toon geen tekens van onlangse wasbakaktiwiteite nie. 'n Teerputs as Hans al ooit een gesien het.

"Lyk my dan my uncle is so effe verdwaal?" merk hy op met 'n mond waarin verskeie tande ontbreek.

"Nee, darem nie," sê Hans.

'n Sherlock-gedagte skiet hom egter te binne. Dalk is 'n bedelaar wat op straathoeke rondhang juis 'n geskikte persoon om by navraag te doen oor Davel.

"Maar ek het 'n bietjie hulp nodig. Ek is op soek na 'n verlangse familielid van my. Hy ry in 'n rooi Merc-sportmodel met 'n afslaankap. Jy het hom nie dalk in dié geweste gewaar nie?"

Die bedelaar se gesig helder op. "Is dit 'n chappie met so 'n bos swart krulhare en 'n snor?"

"Einste hy!" roep Hans uit.

"It's your lucky day, uncle," sê die man en beduie in die systraatjie op. "Hy bly in daai huisie met die rooi voordeur. Ek sien hom elke dag by daai erf uitry."

"Het hy vandag al gery?"

"Dié weet ek nie, my uncle moet maar self daar gaan check."

Hans grawe in sy sak en haal die twintigrandnoot uit wat die finanskomitee daagliks aan elke spanlid bewillig om versnaperinge mee te koop. Hy oorhandig dit aan die kêrel, wat dit dankbaar by hom neem.

Die man verkas sonder verwyl, heel moontlik na die naaste drankwinkel, vermoed Hans.

Hy hink op twee strategiese rigtings. Moet hy sy spanlede nou bel en inlig dat hy Davel se vesting geïdentifiseer het? Of sal hy eers bo alle twyfel gaan vasstel dis wel Davel se wegkruipplek? Hy besluit op laasgenoemde. Hy wil sy spanlede nie voortydig vreugdesvure laat aansteek nie. As hy doodseker is Davel skuil daar, sal hy sy troepe laat kom om 'n kordon om die huis te vorm. Dan eers sal hy Spiertjies se Valke bel om die bedrieër te kom vastrap. Só sal hy verseker die beloning val nie in verkeerde hande nie.

Hans loop op in die systraatjie. Hy stap verby vier huise voor hy oorkant die een met die rooi voordeur is. Op die sypaadjie hurk Hans om die indruk te skep hy maak 'n skoenveter vas, en bespied die huis onderlangs. Die blindings voor die vensters is toe, wat hom nie verras nie. Die slinkse Davel sal nie adverteer dat hy daar is nie. Sy oë skeer oor die erf. Hy gewaar 'n klein venstertjie teen een muur van die motorhuis.

Dadelik ontspring 'n gedagte by Hans, wat hy vermoed ook by Sherlock Holmes sou opgekom het. As hy ongesiens op die klippaadjie langs die motorhuis kan afbeweeg, sal dit hom in staat stel om by die venstertjie in te loer. As die rooi Merc daar is, beteken dit Davel is nog in die huis en dan kan hy die tweede been van sy strategiese plan uitvoer deur sy troepe hierheen op te kommandeer.

Hans kom orent en stryk eers 'n entjie aan om nie die bure agterdogtig te stem nie. Mens weet nie wie loer by hulle vensters uit nie.

Hy gaan staan by 'n lamppaal en doen 'n paar strekoefeninge om die indruk van 'n ywerige stapper te skep. Hy grawe sy selfoon uit sy sak en stel dit op stil. Hy kan nie bekostig dat iemand hom bel terwyl hy langs die motorhuis se muur af sluip nie. Sedert hy gister vir Carla die boodskap gestuur het dat sy 'n tuinkabouter gehuur het, het sy hom al drie keer gebel – oproepe wat hy deur die bank geïgnoreer het.

Hans stap terug in die rigting waarvandaan hy gekom het. Hy kyk eers vlugtig rond om seker te maak niemand hou hom dop nie, swenk dan met een vloeiende beweging skerp na regs teen die oprit van die wit huis in. Die klippaadjie is gevaarlik na aan die huis, wat Hans noop om dit op gepunte tone te betree. Geluidloosheid is nou die sleutel tot sukses.

Die motorhuis se venstertjie is regoor die agterdeur en 'n kombuisvenster. Hans loop gebukkend om nie gewaar te word nie.

Hy kom stadig orent om deur die venstertjie te kan loer. Swets saggies toe hy agterkom die venster is so vuil dat g'n mens daardeur kan sien nie. Hy haal sy sakdoek uit en wend speeksel aan om dit as 'n waslap in te span.

Die ruitvullis swig uiteindelik voor sy volgehoue vryf-aksies.

Hy loer in.

En verstar.

'n Ligblou negentien-voertsek-Kewer staan breed in die motorhuis geparkeer.

Stomgeslaan deur hierdie verwarrende beeld, hoor Hans die geluid agter hom te laat.

Hy word aan albei arms vasgegryp.

Die twee Marsmanne staan grynsend weerskante van hom.

# 33

Hans word deur die tweeling by die agterdeur ingeboender. Hulle plak hom hardhandig op een van die kombuisstoele neer.

Terwyl een van die broers hande in die sye 'n wakende oog oor hom hou, pluk die ander een 'n selfoon uit sy sak en bel.

"Jis, Jackers, dis Billie wat praat," sê hy. Hans besef dadelik "Wikus" en "Drikus" was ook aliasse.

Billie gee 'n laggie. "Die ouballie het toe oop-oë in ons trap ingeloop. Thanks vir jou assistance, my tjom."

Jackers moet die bedelaar wees, is Hans se afleiding. Die man het dus met voorbedagte rade met hom 'n gesprek op die straathoek aangeknoop. Dit was 'n fyn uitgewerkte lokval waarin hy pens en pootjies beland het, wat 'n vlaag sooibrand by hom laat ontvlam. Hoe kon hy so onnosel wees? Selfs 'n Patrys-speurder sou betyds onraad vermoed het. Die toeval was net te groot dat die bedelaar weet waar Davel bly en seepglad 'n beskrywing van hom kan gee.

"Willie, vat die oubaas se selfoon en beursie," beveel Billie.

Willie buk en visenteer Hans. Hy oorhandig die selfoon en beursie aan Billie. Dié maak die beursie oop en haal Hans se ID-kaart uit, wys dit vir sy broer. "Nes ons gescheme het! Die ou donner se naam is g'n Jan Davel nie."

Billie skuif 'n stoel nader en kom sit voor Hans. Hy het nog steeds die smerige wit T-hemp van anderdag aan. Daar is nou 'n paar bykomende kosblertse te bespeur.

Hy swaai 'n vuil vingernael voor Hans se neus. "Jy is 'n regte con man, nè?"

"'n Scaly ou bastard," voeg Willie by.

"Toe ons uitvind jy het ons vir poepholle gevang met daai huis in Saldanhabaai, het ons geweet jy is nes ons net agter een ding aan – die reward van one hundred and fifty K," sê Billie met swart ogies wat Hans aangluur.

"Jou storie dat Davel 'n family member is, was die grootste bullshit onder die son," sê Willie.

"So ook jou storie oor Davel in Nakwakkaland," lê Billie 'n bykomende eiertjie.

"Namakwaland," help Hans hom instinktief reg.

"Whatever," koor albei broers.

Hulle aggressiewe houding staan Hans nie aan nie. En die wete dat hy soos Daniël in die leeukuil vasgekeer is, stem hom baie onrustig.

Hy besef hy sal 'n plan moet bewimpel waarmee hy 'n draai om hulle gebrekkige verstandelike vermoëns kan loop.

"Ek is bly ons kon weer kontak maak," begin hy sy betoog glimlaggend. Hy kan aan hulle gesigsuitdrukkings sien dat die stelling grootskaalse verwarring skep.

"Wat bedoel jy, outoppie?" vra Billie.

"Ons drie kan saamwerk om Davel te kry. Hoe sê hulle: Eendrag maak mag. En ek is heel tevrede om net 'n klein gedeelte van die beloning te ontvang."

Die broers se dawerende gelag betrap Hans effe onkant.

"Dis die grootste joke van die jaar, oubasie!" sê Billie terwyl hy lagtrane van sy wange afvee. Willie runnik en skud steeds onbeheersd.

"Ons is capable om Davel self op te spoor. Ons het nie 'n oxygen thief van honderd nodig om ons te assist nie. En ons stel nie belang om die reward te deel nie," sê Billie, beslis die skerper potlood van die twee, besef Hans nou.

Billie skuif sy stoel nog nader, sodat sy gesig amper teenaan Hans s'n is. "Bad news vir jou, ouballie. Ons gaan jou hier opgesluit hou totdat ons Davel se wegkruipplek ge-identify het. Eers as die reward safely in ons pockets is, sal jy weer daylight sien."

Hans kap terug terwyl 'n desperaatheid sy gemoed omarm: "Ek is deel van 'n toergroep. Hulle sal my afwesigheid by die polisie aanmeld. Julle sal nie hiermee wegkom nie."

Billie grynslag. "Niemand het jou hier sien inkom nie. Daarvan het jy self seker gemaak. Ons het jou deur 'n venster uitgecheck."

"Die polisie en jou pelle kan soek soos hulle wil, maar hulle gaan jou nie kry nie," kom Willie ook met 'n verrassend intelligente gevolgtrekking vorendag.

Sonder waarskuwing gryp die broers hom aan albei arms en boender hom in 'n kort gangetjie af. Hans se pogings om teenstand te bied, help nie. Hulle is veels te sterk.

Hulle dwing hom by 'n klein vertrekkie in. Hans merk daar is 'n enkelbed en 'n toilet in die hoek. Die venstertjie het diefwering voor.

Willie bring 'n bottel water te voorskyn en oorhandig dit aan Hans.

"Ons sal jou vanaand kom uithaal om te eet. Ons wil darem nie hê jy moet vrek nie," sê Billie voor hy die deur toemaak en dit sluit.

Dis vir Hans 'n skrale troos.

Hy stap na die venstertjie en tuur deur die diefwering na buite. Al wat hy sien, is 'n grys Vibracrete-muur. Hy probeer om die venster oop te maak, maar ná 'n gespook besef hy die handvatsel is aan die raam vasgesweis. Hy sal nie om hulp kan roep nie.

Hans gaan sit op die bed. Die broers het sy slagpen uitgetrek, moet hy aanvaar. Maar om die snotpsalm nou te wil aanhef en homself te bejammer, is nie 'n oplossing nie.

Hy sal sy voet iewers in die stiebeuel móét kry, anders is hierdie sending in 'n doodloopstraat.

## 34

Hans se nagrus het met verskeie nagmerries gepaardgegaan. In die tye wat hy wakker gelê het, het sy brein in die hoogste versnelling gewerk om planne te beraam, maar geen gevallestudie uit sy verlede kon dié keer 'n gaping in sy teenstanders se verdediging begin slaan nie. Planloosheid is vir hom 'n nuwe en beklemmende ervaring.

Die broers het hom gisteraand uit die kamer kom haal om te eet. Die onsmaaklike en vetterige wegneemhoender was in sy haglike omstandighede die enigste flou ligstraal. Hy kon uit die tweeling se pratery aflei dat hulle deur die dag naarstig na Davel gesoek het. Talle inwoners van Paternoster het die rooi Merc gesien. "Ons is warm op sy spoor, ouballie. Daai reward smile al vir ons," het Billie vermakerig opgemerk.

Nou, terwyl hy steunend van die bed opstaan en sy safaripak regstryk, voel dit nie vir Hans of die nuwe dag enige goeie nuus kan inhou nie. Beswaardheid is besig om sy kloue in hom te slaan, besef hy.

Net toe hy sy Crocs klaar aangetrek het, gaan die deur oop. Willie kom in en gryp hom aan die arm. "Kom eet jou pap!" blaf hy. Hy lei Hans na die kombuis, waar Billie al by die tafel sit.

Hans se graanvlokkies is reeds in sy bord gegooi. Dis duidelik die broers rantsoeneer sy kos om hom net-net aan die lewe te hou. Hy gooi melk daaroor – waarvan die vervaldatum lankal verstryk het – en moet die suikerpot omtrent uitskraap om 'n halwe teelepel daarvan op te lewer.

Op 'n tafeltjie langs hulle blêr 'n liedjie oor 'n draagbare radio. Dan kom 'n omroeper se stem oor die eter. Hans ken nie die man of program nie. Kan nie RSG wees nie, want Amore Bekker gesels soggens dié tyd. Moet 'n streekradiostasie wees.

"Nou om luisteraars op hoogte te bring van die jongste nuus oor die ontvoering van die vier-en-negentigjarige Hans van Kraaienburg," sê die omroeper, wat Hans en die tweeling se koppe laat opruk. Billie leun oor en stel die radio harder.

"Sedert gister gons dit behoorlik op Paternoster. Die nuus dat 'n bejaarde toeris in dié rustige vissersdorpie ontvoer is, is op almal se lippe. Volgens sersant Lucky Morewa, leier van die Weskus-polisie se soekgeselskap, is daar nog geen spoor van Van Kraaienburg nie. Sersant Morewa sê die feit dat Van Kraaienburg se gesig gisteraand op al die Suid-Afrikaanse TV-netwerke was en in al die koerante verskyn het, het 'n hele paar inwoners van Paternoster en omstreke na vore laat kom. Hoewel hulle hom onlangs gesien het, kon geeneen 'n verklaring vir sy verdwyning verskaf nie.

"Van Kraaienburg se toergeselskap is ook stomgeslaan. Volgens die groep se woordvoerder, die agt-en-tagtigjarige Vasie Knoetze, sou niemand 'n rede hê om Van Kraaienburg kwaad aan te doen nie. Knoetze sê hulle groep is op toer bloot om die Weskus se wonderlike natuurskoon te bewonder."

Billie lag. "Hulle gaan nog lank na jou soek, ouballie."

Die omroeper gaan voort: "Die ontvoering het ook allerlei bespiegelinge laat ontstaan. Volgens *Die Burger* van vanoggend, is dit nie die eerste keer dat Van Kraaienburg sogenaamd ontvoer is nie. 'n Paar jaar gelede was hy en die einste Vasie Knoetze ook in die nuus – oor 'n fopontvoering. Nadat dié twee bejaardes van Huis Madeliefie in Parow die media op hol gehad het met hulle vertellings van 'angswekkende ervarings' toe swaar gewapende mans hulle kwansuis ontvoer het, het dit aan die lig gekom dat hulle spekskieters van die eerste water was.

"Die twee het inderwaarheid sonder toestemming uit die tehuis gedros en hulle tyd by 'n ontkleeklub bestee, waar hulle in oormaat gedrink en gedobbel het. Nadat hulle na kaalbasvertonings gekyk het, het hulle ook met een van die ontkleedansers en haar kêrel, 'n bekende krimineel, deurmekaar geraak en die res van die nag onder meer in die nou gesloopte krothotel The Happy House amok gemaak. Hulle het later saam met die krimineel en ontkleedanser verdwyn nadat sy nie haar kamerrekening vereffen het nie.

"Hardnekkige gerugte wil dit nou hê dat Van Kraaienburg moontlik bande met die onderwêreld het, en dat dit die rede vir sy verdwyning kan wees. Of dat dit dalk nog 'n fopontvoering is."

Billie fluit deur sy tande en Willie staar oopmond na Hans.

Hoewel Hans erg in sy eer gekrenk voel oor sulke wilde uitlatings, besef hy dat as dit pap reën, hy die geleentheid moet aangryp om te skep.

Hy knik stadig. "Hulle is reg. Ek het hegte bande met die Kaapse onderwêreld."

Die broers se adamsappels wip in gelid op en af soos hulle sluk.

"Wat . . . wat bedoel jy, ouballie?" vra Billie.

"Die Vasie Knoetze na wie die omroeper verwys het, was op

sy dae die leier van die grootste dwelmkartel in die Kaap. Hy het nog baie vriende in daardie omgewing."

Die tweeling se oë is so groot soos pierings.

Hans besluit om die pap nog dikker aan te maak. Hy beduie na sy selfoon langs die ketel, waar hulle dit gister neergesit het nadat hulle dit afgevat het. "En as julle op my foon kyk, sal julle sien Carla het my al 'n klomp kere gebel."

Billie bestorm die foon en tel dit op, kyk daarna. "Ja, hier is tien missed calls van haar." Hy sluk weer. "Wie's sy?"

"Julle moes seker al van Carla Brambilla gehoor het?"

Die tweeling skud hulle koppe.

"Sy is die hoof van die Italiaanse mafia in Kaapstad, en 'n baie goeie en jare lange vriendin van my."

"Die . . . mafia?" vra Billie, wat skielik 'n veel bleker gelaat as voorheen vertoon.

"Ja, die mafia. En soos ek Carla ken, het sy teen hierdie tyd lankal haar spiertiere opgekommandeer om my hier te kom soek. Vasie sou ook al van sy lyfwagte hierheen laat kom het," sê Hans afgemete.

Die doodse stilte wat oor die kombuis neerdaal, word verbreek toe Willie sy paplepel met 'n donderende slag op die teëlvloer laat val. Billie wip soos hy skrik en stamp sy bord van die tafel af.

## 35

Hans kan sien hy het die broers kop en pootjies ingetrek in sy verdigsel, maar hy sal die skroewe baie stywer moet draai om sy einddoel te bereik. Hy sal sy woorde versigtig moet weeg sodat elke koeël sy bestemming kan bereik.

Sy eerste ondervinding van die Van Eck-broers, Breker en Kleinboet, kom by hom op as 'n ervaring waaruit hy kan put. Toe was hy nog in hulle slegte boekies. Die marteldreigemente wat hulle gemaak het, sou selfs sadiste na vlugsout laat gryp het.

Hans kry sy gedagtes blitsig in 'n ry. Hy besluit om eers met die heuningpot om te gaan voor hy met die Van Eck-grofgeskut losbrand.

Hy beduie na Billie en Willie. "Julle is eintlik twee goeie seuns. Julle het my nie fisieke leed aangedoen nie, my 'n lekker bed gegee om op te slaap en my van wonderlike maaltye voorsien. Ek het tot dusver net vyfster-behandeling van julle gekry. Julle sal nie besef hoe baie ek dit waardeer nie."

Die tweeling staar hom aan asof hy hom in 'n vreemde dialek uitgedruk het.

Hans skud sy kop en sug. "Daarom sal dit vir my baie sleg wees as julle die slagoffers van mafiageweld moet word."

Billie en Willie word albei nog 'n skakering bleker.

"Ma- . . . mafiageweld?" stotter Billie.

Hans knik swaarmoedig. "Ja, ou seun, dit gaan ongelukkig nou onvermydelik wees."

Hy tuur na die plafon asof hy 'n greep uit die verlede nader hark.

"'n Dekade gelede, toe ek nog my eie motor gehad het, het ek 'n besoek aan Carla Brambilla by haar hoofkwartier in Langstraat in Kaapstad gebring. Sy het my op die sypaadjie ingewag, soos sy gewoonlik maak. Net toe ek parkeer, het 'n kêrel per ongeluk in my vasgery. Daar was net geringe skade aan my motor se modderskerm, maar Carla het dit in 'n ernstige lig beskou. Soos sy altyd sê, duld sy dit nie as iemand haar ou vriend te na kom nie. Sy het twee van haar spiertiere opdrag gegee om die arme kêrel na haar hoofkwartier te neem."

Hans trek sy gesig op 'n manier wat hy glo totale afgryse uitbeeld. "Ek kry nou nog nagmerries oor wat hulle met die arme vent aangevang het."

"Wat . . . het hulle . . . gedoen?" stotter Willie.

"Carla het haar spiertiere opdrag gegee om hom 'n ligte pynbehandeling toe te dien. Omdat haar Persiese tapyte na aan haar hart is, was haar opdrag dat hulle nie die bloed moet laat rondspat nie. Een van die spiertiere het toe 'n helse groot moersleutel te voorskyn gebring."

"Moersleutel?" onderbreek Billie hom.

"Spanner," sê Hans. "Hy het eers die spanner met goed gemikte houe ingespan om die kêrel se knieskywe blywende skade te berokken. Toe het hy die arme man se ribbes een vir een met die spanner afgeslaan, 'n metode om ter wille van die Persiese tapyte inwendige bloeding te veroorsaak, nie uitwendig nie." Hans skud weer sy kop. "Die kraakgeluide van die man se brekende ribbes en sy gepaardgaande rou krete weergalm soms nog in my ore."

Die tweeling raak blou in hulle gesigte soos hulle asem ophou. Hans sien sy woorde het die mes nou stewig op hulle kele. Met dié dat hulle deeg in sy hande is, moet hy voortborduur op sy storie.

"En dit was net vir 'n geringe duikie in my modderskerm. Wat hulle met julle sal aanvang oor julle my hier in eensame opsluiting aanhou, wil ek nie eens aan dink nie. Carla gaan ook nie bekommerd wees oor die verslete tapyte in dié plekkie nie. Die spiertiere sal op groot skaal bloed trek."

"Hulle sal ons nie in die hande kry nie," sê Billie, maar dit kom met min oortuiging en 'n bewende onderkaak.

"Ek hoop van harte jy is reg, Billie, maar die kans is uiters skraal. Die Kaapse mafia is daarvoor bekend dat hulle binne die bestek van 'n paar uur enigiemand opspoor. Anders as die polisie, koop hulle mense met reusebedrae geld om om hulle op die regte spoor te bring. Ek kan net dink hoe Jackers soos 'n kanarie gaan sing as hy so 'n rol note gadeslaan."

Dit ruk die broers. Hulle spitsore trek agtertoe soos 'n hond wat 'n skop in die ribbes sien aankom.

Hans besluit dis tyd vir die uitklophou.

"Carla sal beslis ook aanbied om my te help om Davel op te spoor. Dan kan julle kêrels maar van die beloning vergeet. Behalwe as julle die risiko wil loop om met 'n bietjie lood in die maag op te eindig."

Billie spring op uit sy stoel. "Willie, vat oom Van Kraaienburg kamer toe sodat ek en jy kan chat." Die manier waarop Billie met meer respek van hom praat, ontgaan Hans nie.

Terug in die kamer, staan hy met sy oor teen die deur. Die twee broers praat driftig in die kombuis. Buiten vir die woord "mafia" wat telkemale opduik, kan Hans nie uitmaak wat hulle sê nie.

'n Kwartier later word Hans weer uitgelaat. Willie hou hom nie weer aan die arm vas toe hulle kombuis toe stap nie.

Billie wag hulle in, twee soetkyse langs hom op die vloer. Vir Hans lyk dit of die doodsengel 'n besoek aan Billie gebring het. Die sweet blink op sy voorkop, 'n ligte bewerasie is in sy hande merkbaar en sy broekspype speel kitaar.

Hy kyk benoud op sy horlosie. "Oom Van Kraaienburg, ons het maar besluit om die pad terug Kaap toe te vat. Davel is nou all yours."

"Dis 'n wyse besluit, ou seun," sê Hans. "Van my kant af sal ek nie julle name of julle kar se besonderhede aan Carla verstrek nie. As julle nou soos die vale hel terugry huis toe, behoort julle veilig te wees. Maar lê maar vir 'n week of twee daar laag, want mens weet nooit. Carla se tentakels strek ver en wyd."

"Thanks, my oom," sê Billie terwyl hy die soetkyse optel. "Kom, Willie, laat ons gat skoonmaak."

## 36

Hans trek die kombuisdeur agter hom toe. Met die broers se haastige vertrek, het Billie genoem dat dit 'n vriend van hulle se huis is. Hy het gevra dat Hans net die agterdeur moet sluit en die sleutel in die blombak langs die deur sit.

Op pad na die straathoek, haal hy sy selfoon uit sy sak. Hans is verlig om te sien die ding het nog genoeg elektrisiteit in sy binnegoed oor om 'n paar oproepe mee te maak.

Hy besluit om Carla eerste te bel, bang dat sy op die punt is om Suid-Afrika toe te vlieg om haar by die soekgeselskap aan te sluit. Met haar in die land gaan dit onmoontlik wees om hulle sending te voltooi, weet hy. Die kind het 'n geniepsige streep in haar, wat nie veel van die denkbeeldige Carla Brambilla s'n verskil nie.

"Pappie!" antwoord sy gillend. "Is Pappie veilig?"

Hans besluit om die kaart van onskuld te speel. "Waarvan praat jy? Ek was nog nooit ónveilig nie."

"Hoe bedoel Pappie? Die hele Weskus-polisiemag is op soek na Pappie. Pappie se reisgenote het Pappie as vermis aangemeld. Almal het gedink Pappie is ontvoer. Die media het selfs bespiegel dat Pappie deurmekaar is met die Kaapse onderwêreld. Ons kinders was mal van bekommernis. Ek en Ben het selfs oorweeg om in te vlieg Suid-Afrika toe."

"My hygend hert!" roep Hans uit. "Dit was niks anders as 'n storm in 'n teekoppie nie. Ek het rustig hier by ou kennisse van my uit Bloemfontein se dae gekuier. Hulle het op Paternoster kom aftree."

"Hoekom het Pa nie Pa se reisgenote ingelig nie?" slaan sy oor na die onheilspellende "Pa"-aanspreekvorm.

"My foon se battery het afgeloop. Ek het dit vanoggend eers weer gelaai."

"Dit is die onverantwoordelikste ding waarvan ek nog gehoor het! Pa gaan kuier by ou kennisse sonder om Pa se toergroep in te lig. En dit nogal met 'n selfoon waarvan die battery afgeloop het!"

"Dis nie nodig om so tekere te gaan nie, Carla. Ek het 'n ligte flatertjie begaan."

Sy gee haar lelike lag. "Ligte flatertjie! Dis die understatement van die jaar! Maar dit nou daar gelaat. Luister mooi na my. Julle vergeet nou dadelik van julle soektog na daai skelm en julle ry vandag nog terug Huis Madeliefie toe. En dis nie 'n versoek nie, maar 'n opdrag van al ons kinders."

Hans vererg hom. "Ek laat my nie hiet en gebied nie! Ons het in elk geval lankal afgesien van ons soektog na Davel. Daar is geen teken van hom in dié geweste nie. Maar ons gaan nog 'n paar dae vertoef om bietjie na die blomme te kyk."

Dit haal die wind uit haar seile. "O, ek was nie daarvan bewus dat julle opgehou soek het na hom nie."

"Daarom kan jy sommer ook die veiligheidsfirma se dienste onmiddellik beëindig. Ons het nie meer daai lastige klein gatvlieg nodig nie."

Sy snork. "Ek het hulle dienste 'n halfuur gelede beëindig, want hulle het nie hulle werk gedoen nie. As die veiligheidsman Pa na Paternoster vergesel het, sou niks van hierdie onsmaaklikhede gebeur het nie. Ek het hom uitdruklik opdrag gegee om Pa nooit uit die oog te verloor nie."

Hans is verlig om Proppie Peens uit sy lewe te hê.

"Pa sal dadelik die polisie moet laat weet Pa is veilig. Hulle het tot 'n soekgeselskap op die been gebring," blaf sy 'n bevel uit.

"Dan beter ek dit sommer nou doen, want ek het my foon net 'n kort rukkie by my kennisse se huis ingeprop," sê hy om dié onaangename gesprek so gou moontlik te beëindig.

Toe hy aflui, bel hy vir Vasie.

"Hans, is ek bly om jou stem te hoor!" groet sy vriend.

Hans lig hom in oor hoe die tweeling hom in 'n lokval gelei het. "Maar oor hulle hoef ons nie meer bekommerd te wees nie. Hulle het die hasepad gevat nadat ek hulle beperkte breinkapasiteit met 'n liegstorie gemanipuleer het. Ek sal julle later vertel wat gebeur het."

"Jou ou biesiepol!"

"Sal jy net die polisie asseblief bel en hulle inlig ek is veilig?" Hy vertel vir Vasie wat hy vir Carla gesê het. "Hou by daardie storie, anders sal ek allerlei verklarings by die polisiekantoor moet gaan aflê. En ons het nie tyd daarvoor nie. Uit die tweeling se gesprekke kon ek aflei Davel is gereeld in hierdie geweste opgemerk. Daar wag dus spoedeisende werk op ons."

"So 'n bek kort jêm!" sê Vasie. "Ek bel sommer nou vir sersant Lucky. Hy sal net so verlig wees om te hoor jy's veilig."

"Vra vir Senter om my te kom optel op die plek waar ons gisteroggend in die dorp stilgehou het," gee Hans 'n laaste opdrag.

Hy sit sy selfoon terug in sy sak, hoogs tevrede met hoe hy die plofbare situasie ontlont het. Nou kan hy weer uiting gee aan sy

Sherlock-vermoëns sonder enige inmenging van die tweeling, Proppie of Carla.

Op pad na die plek waar Senter hom moet optel, gewaar Hans die bedelaar. Toe hy 'n paar meter van hom af is, sien Jackers hom raak.

Dit lyk of die man 'n elektriese skok kry. Eers verskiet hy van kleur, gee dan 'n benoude gilletjie en hol weg asof die duiwel op sy hakke is.

Hans grinnik. Die tweeling moet hom natuurlik gebel het met die nuus dat die Kaapse mafia op pad is.

## 37

Hans word soos 'n gewonde oorlogsheld by die kampeerterrein terugverwelkom. Hy word op die rug geklap, gehigh-five en lof toegeswaai van 'n kant af.

"Ons kon gisterônd nie 'n oog toemôk oor jou verdwyning nie, Hôns," sê Liesbet en oorhandig 'n koppie stomende koffie aan hom.

Vasie snork. "Sê ek vir myselwers al was jy nie ontvoer nie, sou ons ook nie geslaap het nie. Proppie het met sy aktiwiteite weer meer biltong gesny as wat ons kon verteer. Hy het soos 'n opwensoldaatjie ons staanplek gepatrolleer en onophoudelik op sy walkie-talkie geklets. Die kampopsigter het selfs kom kla oor die rusverstoring wat Proppie manalleen veroorsaak het. Dis net 'n genade van bo dat jou dogter sy draadjie vanoggend geknip het."

"Hy was in elk geval te lig in die broek om ons teenstanders se aanslae naby die doellyn af te weer," voeg Senter by.

Almal stem volmondig saam met Maatjie se opsommende stelling dat die knuppelswaaier 'n nul op 'n kontrak was.

Vervolgens bondel Hans se reisgenote om hom saam om sy verslag oor die ontvoering aan te hoor. Hans geniet die aandag só dat hy 'n paar details erger laat klink as wat dit werklik was. "Die kamertjie waarin ek aangehou is, was kleiner as 'n tronksel. Mens moes versigtig omdraai om jouself nie te beseer nie. En die broers het my baie hardhandig hanteer, onder meer gestamp, gestoot en soms geniepsige houe na my gemik."

Dit lok geskokte uitroepe van die omstanders uit.

"Ons sôl jou kneusplekke moet dokter, Hôns," sê 'n bekommerde Liesbet.

"Nie nodig nie, Liesbet. Die kêreltjies het te min murg in hulle pype gehad om my blywende fisieke skade te kon berokken."

"O my murg, gee my 'n man met soveel durf!" spreek Wieletjies haar bewondering vir Hans uit.

Hy vertel hulle hoe die radio-omroeper hom die opening gebied het om sy kwansuise verbintenis met die onderwêreld vlees te gee. "Dit het behoorlik gelyk of iemand oor die broers se grafte loop toe ek my mafiastorie begin aandik. Naderhand het ek hulle behoorlik die stuipe op die lyf geja."

Vasie lag hom 'n boggeltjie en selfs ou Nella, nie 'n gewoontelagger nie, moet die trane met 'n sneesdoekie van haar bolwange afvee.

Nog groter lagbuie bars los toe Hans vertel hoe Jackers gehardloop het dat hy klein word toe hy hom gewaar. "Hy moes gedink het Carla Brambilla se spiertiere is op sy hakke. Ek vermoed hy trek nou al op Langebaan," sluit hy sy vertelling af, wat 'n paar van sy reisgenote van voor af laat proes.

Hans is hoogs tevrede met die gemoedelike atmosfeer wat daar nou heers. Dit is nét die ingesteldheid wat hy nodig het om sy makkers met nuwe geesdrif vir hulle taak te bevrug. En die tyd is juis nóú ryp om dit met 'n inspirerende boodskap te doen, een waaraan hy in die kombi op pad hierheen geskaaf het.

"Medeslagoffers van die Davel-sameswering . . ." begin hy sy rede om aan te dui dat alle grappies op 'n stokkie is. "Almal van ons weet dat Javel Davel so glad soos 'n aal is en ewe glad gebek is. Dit sit in sy bloed om mense te bedrieg, wat hy beslis ook sal doen op die plekke waar hy skuil. 'n Jakkals wat slaap, tel hoenders in sy drome. As hy dus nie sy skelmstreke uitvoer nie, beraam hy planne. Maklik gaan dit nie wees om hierdie ontduiker vas te trap nie. Ons sal hom oor berg en dal moet volg. Daarom is dit noodsaaklik dat ons 'n strategieverandering aan ons soektogbenadering bring. Dit gaan groot opofferinge beteken. Onthou, 'n gebraaide hoender vlieg niemand in die mond nie. Dit gaan vereis dat ons baie harder moet werk as voorheen. Ons kan nie langer bekostig om tot wie weet watter tyd soggens op eiers te sit en broei nie. Elke minuut van die dag moet benut word. Ons sal selfs bereid moet wees om soms onder die sluier van die nag te werk."

"Hoor-hoor! Ek stem in hart en niere saam," gee Vasie sy steun aan hierdie aggressiewe benadering van Hans.

"Tot dusver het ons individuele gesprekke met sake-eienaars dadels opgelewer. Dalk ook omdat ons nie die handboek altyd getrou gevolg het nie. Dit help nie elke voël sing soos hy gebek is nie. Ons moet 'n eenvormige stel snydende vrae kry, wat elke spanlid tot op die letter volg. Só sal ons verseker dat ons onder een sambreel boer. Daarom sal ek later vandag nog die nuwe riglyne aan julle deurgee.

"Nog 'n belangrike strategiewysiging is dat ons ons navrae aan 'n breër teikenmark sal rig. Dit help nie ons klop net aan by sake-ondernemings nie. Ons kan nie langer bekostig om slegs op bekende bodem te beweeg nie. Soms verskaf die gepeupel op straat veel beter inligting. Ons navrae sal moet uitkring na bedelaars, boemelaars, straatskoonmakers, kroegmanne, vissermanne, toeriste, skoolkinders, padstalletjiesmouse en selfs dronkes op straathoeke. Onthou, die mond van 'n dronk man praat meestal die waarheid. Geen leidraad, hoe gering ook al, moet dus benede ons aandag wees nie."

Hy bal sy vuis om sy nuwe, kragdadige beleidsrigting te beklemtoon. "Om te verhoed dat daar in die toekoms weer ontvoerings kan plaasvind, sal ons voortaan in operasionale spanne opgedeel wees. Só kan ons skouer aan skouer staan en mekaar die arm leen in tyd van nood. Ek en Vasie sal een span vorm, Maatjie en Wieletjies se finanskomitee 'n ander, en laastens is Senter, Liesbet en Nella in 'n groep."

Die staande applous wat Hans ontvang, is die mosie van vertroue waarop hy gehoop het.

Om nie dadelik die sweep soos 'n tiran te begin klap nie, besluit hy om ook 'n gees van welwillendheid uit te straal. Groot leiers word juis daaraan geken. "Ek besef dat ons almal die afgelope paar nagte harde korsies gekou het met onder meer Proppie Peens se steurende aktiwiteite, en dat ek self laas nag tydens my gevangenskap bitter min in droomland was. Daarom stel ek voor dat ons ons nou in die arms van Morfeus werp om agterstallige slaap in te haal. Dan kan ons van vanmiddag af die nuwe beleidsrigting met doelgerigte ywer begin volg."

Ou Nella se skommelende nekhamme en Wieletjies se uitroep van: "O my leier, saam met jou sal ek heeltyd kuier!" vergestalt die groep se spontane geesdrif vir hierdie voorstel.

## 38

Hans is tevrede dat sy troepe vir net een ding oog en oor het: Javel Davel. Toe hy hulle nou ná hulle oggendslapie opkommandeer om kombi toe te kom sodat hulle hul ry Paternoster toe kan kry, storm hulle onder 'n stofwolk soos 'n trop dors buffels op 'n watergat af. Selfs ou Nella kom oop-en-toe aangedril.

Op die pad deel Hans aan elke span 'n velletjie papier uit waarop hy die nuwe, meer snydende vrae neergepen het om die breër teikenmark oor Davel mee te peper. Dit vind groot aanklank by almal. Liesbet se beswaar dat die vrae hulle onskuld verloor het en hulle nou op die polisie se terrein begin beweeg, word deur die ander lede verwerp.

"Die tyd van mooi broodjies bak is verby, Liesbet. Die uur het aangebreek dat ons met skenkel en heup slaan," verklaar Hans onder toejuiging van sy ander makkers.

Die geesdrif loop hoog. Hoe nader hulle aan Paternoster kom, hoe doller gaan dit in die kombi. Strydkrete van wisselende aard en intensiteit word geuiter.

"Siddie, Siddie, Siddie!" skreeu Senter in Gerhard Viviers-styl.

"O my sending, gee my vandag 'n deurslaggewende wending!" laat waai Wieletjies.

"Steek Davel onder die besemstok!" dawer Vasie dit uit.

"Karnuffel hom met die koekpan!" bulder ou Nella.

Maatjie verklaar met elke enkele strydkreet dat hy dit sekondeer.

Toe Senter die kombi geparkeer het, bondel almal met groot vaart en fokus uit.

"Kom ons neem die handskoen op, mense. Onthou, hierdie uitdaging is nie anderkant ons uitspanplek nie," kry Hans 'n laaste bemoedigende boodskap in voor die drie spanne hulle onderskeie rigtings inslaan.

Hans bespied die straat vir lede van die breër teikenmark, maar Vasie trek hom aan die mou en wys na die Paternoster Hotel. "Jy het mos gesê ons moet ook kroegmanne teiken," herinner Vasie hom.

Hans moet toegee dit is 'n geldige stelling en hulle stap by die hotel in. Hulle steek voor die kroegdeur vas. *The Panty Bar*, staan op die bord bokant die deur geskryf. "Onkuise naam," prewel Hans.

"Hygend hert!" roep Vasie uit toe hulle instap. "Dis mos vrouebroekies wat hier van die dak afhang!" Hy leun oor na Hans en fluister: "Ons moes ou Nella se bloomers en Wieletjies se akkordeonplooi-broekies saamgebring het. Dalk sou die kroeg bereid gewees het om daarvoor te betaal."

Hans skud sy kop. "Hulle onderklere sou net 'n somber skadukol oor hierdie versameling knapbroekies gegooi het."

Vasie knik. Hy haal sy twintigrandnoot vir versnaperinge uit sy sak en swaai dit voor Hans se neus. "Ek is nogal dors. Sal ons nie maar die keel liggies smeer terwyl ons hier is nie?"

"Onder geen omstandighede nie," sê Hans streng. Hy neem die twintig rand by Vasie. By die andersins verlate toonbank wend hy hom tot die kroegman. "Twee limonades met baie ys, asseblief."

Vasie kreun, maar Hans steur hom nie daaraan nie. Hulle

kan nie bekostig om nou op die Bolandse wa te klouter nie.

Binne 'n japtrap is die kroegman terug met hulle drankies. Hy kom sit oorkant hulle op 'n hoë stoel agter die toonbank. Die kêrel is 'n ou droë biltong met goudgeel tande. Die opgehoopte asbakkie langs hom dui vir Hans daarop dat hy 'n skoorsteen van sy mond maak.

Hans besluit om hom eers 'n bietjie met die heuningkwas te bewerk voor hy hom met indringende vrae begin bestook. "Jy is seker die één man wat presies weet wat op hierdie dorpie aangaan? 'n Kroegman moet mos maar na almal se stories luister."

Die man mompel iets, maar Hans kan nie 'n woord uitmaak nie. Hy praat of hy pap in sy mond het.

Hans maak sy hand bak agter sy oor. "Skuus, man, maar jy sal duideliker moet praat. Ek's bietjie hardhorend."

Die man kyk hom onbegrypend aan.

"Doof," sê Vasie. "Ons is albei so doof soos kwartels."

Die man knik en hoes 'n paar bolle slym los. Hy neem eers tydsaam 'n sluk bier uit 'n lang glas. Skud dan 'n sigaret uit 'n pakkie Lexington en steek dit aan. Blaas die rook in twee dun strale deur sy neusgate uit.

"Draak se kind," fluister Vasie. Hans skop hom op die skeen as teken dat sulke opmerkings nie die man se guns sal wen nie.

"Ja, ek hoor stories, maar ek was die afgelope maand net tydelik hier," sê die kroegman dié keer heel verstaanbaar.

"Ook lekker sappige skinderstories?"

"Ja."

"Hier kom seker ook baie toeriste met stories aan?" vra Vasie.

"Ja."

Hans wil-wil bekommerd raak. Hy hoop nie hulle het hier te

doen met 'n man wat min letters in sy tyd geëet het nie. Gaan moeilik wees om voldoende inligting te kry by iemand met 'n beperkte woordeskat. Hy besluit hy moet 'n unieke benadering volg om die man se tong los te kry.

Hans hang sy treurige gesig uit. "Ja, ek en my ou mater was mos slagoffers van 'n bedrogspul van yslike proporsies. Ons het derduisende rande in die proses verloor."

Hy merk 'n flikkering van belangstelling in die ou se bloedbelope oë.

"Nou soek ons die mannetjie wat dit met sy laakbare optrede veroorsaak het. Hoewel dit in die lug hang waar hy hom bevind, het ons gerugte gehoor dat hy hom dalk in hierdie geweste kon tuismaak," volg Hans die meer snydende vraagriglyne wat hy vir die span opgestel het.

Die kêrel lig sy wenkbroue. "Wie's dit?"

"Hy beweeg onder die naam Javel, maar kan moontlik 'n alias inspan."

Die kêrel knik, vat weer tydsaam 'n sluk bier en 'n teug aan sy Lexington. "Hy was tot gister gereeld hier," sê hy onder 'n wolk rook.

"Javel?!" roep Vasie uit.

"Ja, Javel Jacobs."

Vasie kreun en Hans se moed sak in sy skoene. "Die Javel na wie ons soek, het 'n bos swart krulhare, snorretjie, pap mond en smal voorkop. En hy is 'n mannetjie wat graag sy lyf windmaker hou. Ook besonder glad gebek."

Die man knik en herhaal sy bier- en sigaretritueel. "Dis die einste Javel Jacobs daai."

"So by my siel!" sê Vasie en sluk sy limonade met een teug

weg asof dit 'n sopie jenewer is. Begin dan om die ys in sy glas soos lekkers te kou.

Hans voel self dat hy 'n opwelling van adrenalien beleef. "Verwag jy dat hy vandag weer 'n draai hier gaan maak?"

"Nee."

"Het hy iets gesê wat jou daardie afleiding laat maak?"

"Hy't gesê hy is op pad na 'n ander plek toe."

"Watter plek?"

"Nie gesê nie."

"Klink of julle twee gesellig verkeer het. Het hy dalk iets kwytgeraak wat ons in ons soektog sal help?"

Hans kan sien die kêrel maak sy gedagtes bymekaar, want hy staar met mening na sy glas bier.

"Hy't gesê hy bly nie te lank op een plek nie. Hy wil die hele Weskus in sy volle glorie beleef."

"Niks anders nie?"

"Nee."

Hans hou vinnig kajuitraad met Vasie. "Ons moet die twee ander spanne inlig sodat hulle hul soektog summier kan staak. Ons sal nog vanmiddag verder noordwaarts moet beur."

Vasie knik. "Sê ek vir myselwers jy's reg. 'n Papperd het gewoonlik die noordewind in sy broek."

## 39

Voor hulle noordwaarts vertrek, hou die span eers 'n verslagvergadering in die kombi.

"Ons weet nou Davel bewandel die Weskus onder die sluier van Javel Jacobs en dat hy nie te lank op een plek bly nie. Ook dat hy 'n voorliefde het om by kantiene uit te hang en met kroegmanne praatjies aan te knoop," som Hans sy en Vasie se terugvoering op.

"Bewaar my siel!" sê Maatjie.

"O my Davel, gee my 'n koejawel!" roep Wieletjies uit.

Hans frons. "Het julle soortgelyke inligting bekom?"

Maatjie knik. "Ja, ek en Wieletjies het op 'n ingewing by 'n gastehuis aangegaan om navraag oor hom te doen. 'n Javel Jacobs was tot vanoggend daar ingeboek. Ons het nie gedink dis ons Javel nie."

"Het julle nie gevra hoe hy lyk en of hy met 'n rooi Merc ry nie?"

"Nee," koor hulle.

Hans besef opnuut dat sy kollegas nie ook oor 'n Sherlock-ingesteldheid beskik nie. Trouens, hulle het nog nie eens die ABC van basiese Patrys-speurwerk onder die knie nie. Hy sal tyd moet inruim om hulle touwys te maak, wat 'n verdere las op sy skouers gaan plaas.

"Die eienaar van die gastehuis het wel genoem dat hy dit vreemd gevind het dat Jacobs nie met 'n kredietkaart sy rekening vereffen het nie, maar kontant," sê Wieletjies peinsend.

"Met ons kontant, ja," sê Hans bitter.

"Dis nie almiskie nie," brom Vasie.

"Ons het ook nuus," sê ou Nella. Die effense trilling van haar nekhamme vertel vir Hans dat dit moontlik nie iets aardskuddend is nie. Daar sou baie meer ham-aksie gewees het as hulle span 'n deurslaggewende deurbraak gemaak het. "Een van die vissermanne sê 'n man met Davel se beskrywing het twee keer saam met 'n blonde meisie strandtennis gespeel."

"Die meisie skrum vir die plaaslike span," sê Senter.

"Wat bedoel jy?"

"Sy is 'n Pôternoster-meisie," antwoord Liesbet. "Die vissermôn sê sy kuier gereeld op die strônd sôm met hôr vriende, môr hy ken hôr nie by die nôm nie." Liesbet snork liggies. "Sy's glo gebou soos 'n pou."

"Hierdie inligting kan 'n hoofrol in ons ondersoek speel!" roep Hans verheug uit.

Sy reisgenote kyk hom verbaas aan. Hoewel die ligte brand, is daar kennelik niemand by die huis nie, besef Hans. Sy makkers snap nie die epiese moontlikhede wat daardie stukkie inligting inhou nie. Hy sal aan hulle 'n opheldering moet verskaf.

"As ons hierdie meisie vandag nog kan opspoor, kan ons binne-inligting bekom oor Davel se volgende bestemming. Só sal ons 'n bres van ongekende omvang slaan."

"Jou ou biesiepol!" roep Vasie uit. "Dis 'n gedagte wat alle vorme van genialiteit oorskry!"

"Hoe gôn ons hôr kry, Hôns? Dit rôk al skemer," wil Liesbet weet.

"Dié tyd van die dag is daar altyd jongetjies op die strand bedrywig. Ons sal onder hulle navraag moet doen."

"Het ek dit nou aan die regte end beet, dat ons nie vanaand noordwaarts gaan beur nie?" vra Maatjie.

"Dis korrek," sê Hans. "Dit help nie ons gaan sit by 'n braaivleisvuur sonder 'n tjoppie in die hand nie. Davel se blonde strandtennismaat vereis dat ons ons positiewe by haar hou. Ons kan dan môre Davel se spoor vat as ons by haar sy soolafdruk gekry het."

"Jy het dôrem 'n besondere tôlent met woorde, Hôns," swaai Liesbet hom lof toe.

"Ek sekondeer," sê Maatjie.

Hans bedank sy kollegas vir hierdie onverwagse bewieroking.

"Kom ons ruk op hoofstrand toe," sê hy vir Senter, wat met verbete kaphoutjies teen sy nek opwarmingsoefeninge uitvoer.

Hulle kry 'n parkeerplek met 'n goeie uitsig op die strand. As gevolg van die lekker soel weer wemel die plek van mens, kind en brak.

Die oorbevolkte strand gaan hulle taak bemoeilik, maar dit is darem nie asof hulle graniet gaan probeer kou nie, besluit Hans. Blonde meisies van 'n rype en volronde voorkoms behoort maklik uit te staan.

Die drie spanne slaan die verskillende rgtings in wat Hans soos 'n generaal op die gevegsfront met 'n swaaiende voorvinger aandui. Daar is 'n strydlustigheid by sy makkers merkbaar wat Hans se goedkeuring wegdra.

In opdrag van Hans, stap Vasie 'n paar treë skuins agter hom sodat hulle 'n formasie vorm soortgelyk aan dié van verkenners tydens die Anglo-Boereoorlog. Só kan hulle 'n veel breër terrein met die oë bespied.

Ná tien minute begin Hans wonder of dit tevergeefs is. Daar

is net bejaardes, 'n paar manlike drawwers en ouerpare met klein kindertjies te siene.

"Sê ek vir myselwers dit lyk of ons goud gemyn het," sê Vasie luid agter hom. Toe Hans omdraai, beduie sy mater in 'n oostelike rigting.

Senter kom met indrukwekkende systappe en aftrappe na hulle aangestoom. 'n Klein wolhaarbrakkie is op volle vaart agter hom aan en hap speels na sy hakke. Maar Senter se vernuftige voetwerk fnuik hom telkens. Net soos die 1968-Leeus se agterspelers, hap die brakkie wind.

"Jou wedstrydplan het gewerk, Hans," sê die rugbylegende uitasem toe hy hom by hulle aansluit. Hy beduie na ou Nella en Liesbet, wat in die verte met iemand in gesprek is – of haar in werklikheid omsingel.

"Is julle seker dis die meisie na wie ons soek?"

Senter knik geesdriftig. "Die telbord lieg nie."

Hans aanvaar dat dit goeie nuus beteken.

Hulle stap doelgerig en met groot haas op Liesbet-hulle af.

Eers toe hulle 'n paar meter van die groepie af is, verskyn die blonde meisie van agter ou Nella se breë gestalte.

Met slegs 'n kort sjoebroekie en 'n skrapse lappie as borsbedekking, slaan sy Hans en Vasie se asems weg.

Die welbedeelde kind kon netsowel nie klere aangehad het nie, dink Hans.

Vasie se asem fluit deur sy neusgate. "Bewaar my gebeente," fluister hy. Hans sien sy ou mater se oë kyk oorkruis.

"Crouch, touch, pause, engage," mompel Senter, sy blik ook stip op die meisie se bates.

Ou Nella en Liesbet kyk hulle stuurs aan, maar die meisie

glimlag liefies, duidelik onbewus van die onrein gedagtes wat sy by hulle ontlok het.

Sy stel haar voor as Truitjie Barkhuizen.

"Bly te kenne," sê Hans in 'n besonder skor stem. Truitjie het sy ewewigtigheid versteur.

Hy konsentreer hard om haar stip in die oë te kyk. 'n Dwalende oog kan die verkeerde indruk by haar laat posvat. Hy moet sy keel drie keer skraap om 'n gelykmatige stem te projekteer.

"Ek lei af dat jy Javel Jacobs se strandtennismaat was?"

Sy trek 'n suur gesig. "Ja, ek was, maar wat 'n aaklige kêreltjie is hy nie. Oom moes gehoor het watter vieslike voorstelle hy aan my gemaak het."

"Dit kom nie vir my as 'n verrassing nie. Javel se maniere laat veel te wense oor. Maar . . . hoekom het jy dan saam met hom tennis gespeel?"

Sy lag. "Dis als my vriende se skuld. Javel het ons vreeslik met etes getrakteer by net die beste restaurante in die omgewing. My vriende was bang dat as ek weier om saam met hom strandtennis te speel, hy sy geldkraantjie gaan toedraai."

Soos soveel keer die afgelope tyd, stu die sooibrand in Hans se keel op oor die manier waarop Davel húlle geld verkwis.

"Soos ek verstaan, is hy vanoggend vort," sê hy.

Truitjie knik. "Ja, dit het dikwels gelyk of hy oor sy skouer loer. Ek sweer iemand jaag hom."

"Weet jy waarheen hy is?"

Weer knik sy. "Hy het gesê hy gaan vir so drie dae op St. Helenabaai oorlê."

"Waar op St. Helenabaai?"

Sy haal haar skouers op. "Dit weet ek nie."

Hans bedank haar innig vir haar samewerking.

"Dalk moet jy vanaand op Tietiesbaai 'n vleisie saam met ons op die kole kom gooi. Dan kan ons jou ordentlik bedank," sê Vasie, sy kykers vasgenael op alles behalwe haar oë.

Ou Nella en Liesbet se afkeurende blikke is soos bolle vuur op hom gerig.

"Baie dankie vir die uitnodiging, oom, maar ek het ongelukkig klaar 'n afspraak."

Sy waai vriendelik vir hulle toe sy heupswaaiend wegstap, wat Vasie skerp runnikgeluidjies laat uiter.

"Jy behoort jou te skôm oor jou skôndelike gedrôg, Vôsie," blaf Liesbet.

"Nie nét Vasie nie, ook Senter met sy geprewel van 'touch' en 'engage'," sny ou Nella se ysige stem deur die soel Weskus-lug.

Hans hou sy hand omhoog. "Kom ons begrawe die strydbyle, dames. Vanaand het ons eerder rede om fees te vier, want môre klink ons Davel se doppie."

Sy woorde laat die atmosfeer in 'n ommesientjie verander. High-fives word links en regs uitgedeel.

## 40

Gisteraand om die kampvuur het Hans sy troepe met inspirerende boodskappe tot nuwe hoogtes probeer aanspoor. Dit was egter nie nodig nie. Almal het spontaan vlamgevat ná die Truitjie-deurbraak.

Hy het ook die tyd gebruik om sy basiese kennis van speurwerk met hulle te deel. Hy wou nie 'n herhaling hê van Maatjie en Wieletjies se afskeepwerk by die gastehuis op Paternoster nie. "Ons sal môreoggend moet fokus en sorg dat ons dinge die eerste keer reg doen. Onthou, net 'n donkie stamp sy kop twee keer teen dieselfde klip."

Die wete dat Davel hom op St. Helenabaai bevind, mag hulle nie houtgerus maak nie, het Hans gemaan. "Ons moet nie die vleis wil braai voordat die bok geskiet is nie. Eers wanneer ons die veldslag gewen het, kan ons op ons louere rus."

"En dan kan ons 'n paartie hou wat alle grense van fatsoenlikheid oorskry," het Vasie verklaar.

Dié stelling het 'n ongemaklike roering by die finanskomitee meegebring.

Maatjie het toe 'n effense demper op die span se bruisende geesdrif geplaas deur te verklaar dat hulle nog net genoeg geld vir drie dae oorhet. "Ons oordadige drankaankope het ernstige gate in hierdie geldskippie se romp geslaan," het hy gesê en beskuldigend na Vasie gekyk.

Hans het 'n potensiële twis vinnig hokgeslaan deur te verklaar dat hulle Davel darem binne die volgende drie dae behoort op te spoor. "St. Helenabaai is nou nie juis 'n metropool waarin onse Javeltjie soos 'n naald in 'n hooimied kan verdwyn nie."

Nou, terwyl hy, Senter, Vasie en Maatjie geduldig sit en wag op die vroue om klaar te maak in die ablusieblokke, sien Hans dat die tyd al weer aangestap het na negeuur. Sy vermaning dat hulle nie meer kan bekostig om op eiers te broei nie, is nie deur die vroue ter harte geneem nie.

"Ons moet dôrem sorg dôt ons ordentlik lyk, Hôns. Ós ons Dôvel vôndôg vôstrek, gôn die mediô dôlk foto's van ons wil neem. Dôr kôn selfs TV-kômerôs betrokke wees," het Liesbet geskerm voor hulle soontoe is.

Toe hulle uiteindelik uit die ablusieblokke getou kom, lyk dit, soos Vasie dit stel, of hulle na 'n high tea op pad is.

Onder 'n wolk van versmorende parfuumwalms in die kombi, vertrek hulle 'n kwartier later na die gevegsfront.

Hulle vordering is pynlik stadig. Nadat Vasie die laaste dag of twee beheer oor sy blaas teruggekry het, maak dit vanoggend weer amok en moet Senter gereeld vir " 'n vorentoe-aangee" aftrek. Hans se voorstel dat Vasie sy blaas in 'n leë koffiefles ledig om tyd te bespaar, word vurig en eenparig deur die vroue geveto.

Tot Hans se frustrasie neem die tog, wat nie veel langer as twintig minute behoort te geduur het nie, 'n volle veertig minute in beslag. Die klok staan al op tien oor tien toe hulle St. Helenabaai binnery.

Gelukkig het die span op Hans se aandrang gisteraand hulle beplanning deeglik gedoen. Liesbet het op haar foon se komper al die gastehuise op die dorp geïdentifiseer en Hans het 'n lys daarvan gemaak. Senter is onttrek uit die derde speurspan om vandag voltyds as kombibestuurder op te tree. Hulle het 'n roete uitgewerk waarvolgens die spanne by verskillende gastehuise afgelaai sal word. Sodra 'n span vasgestel het dat Davel nie by daardie een is nie, moet hulle bel sodat Senter hulle kan kom optel en na die volgende gastehuis neem.

"Ons gaan baie tyd bespaar deur nie hierdie reis op ons apostelperde aan te pak nie," het Hans verklaar.

Nadat hy en Vasie by twee gastehuise aangedoen het, sonder resultate, begin daar 'n onrustigheid by Hans ontkiem. Sou hulle weer eens die man se slinksheid onderskat het? Dalk het hy 'n vakansiehuis gehuur of het hy 'n vriend by wie hy skuil?

Sy donker gedagtes word onderbreek toe die kombi langs hulle stilhou. Daar bly slegs een gastehuis oor op sy en Vasie se lys.

"Het van die ander groepe nog nie suksesse gerapporteer nie?" vra hy hoopvol vir Senter toe hulle in die kombi klim.

Dié skud sy kop. "Nee, die skeidsregter is vandag ongenaakbaar. Ons spanne staan net strafskoppe af."

Vyf minute later laai Senter hulle by die derde gastehuis af. Hulle moet eers 'n klokkie by die voorhekkie druk om toegang tot die plek te kry.

In 'n klein ontvangsarea sit 'n vrou agter 'n lessenaar en brei. Sy kyk eers op van haar breiwerk toe Hans hard kug.

"Kan ek help?" vra sy sonder veel geesdrif.

"Ons wil net navraag doen oor of 'n goeie ou vriend van ons dalk hier bly," sê Hans. "Sy naam is Javel Jacobs en hy ry met 'n rooi Merc-sportmodel met 'n afslaankap."

"Ja, meneer Jacobs het gisteraand hier geslaap. Het nogals vir drie nagte bespreek, maar is sowat 'n halfuur gelede holderstebolder hier uit nadat hy vroegoggend 'n draai deur die dorp gery het."

"Wat bedoel jy met 'holderstebolder hier uit'? Kom hy dan nie terug nie?" vra Hans.

Sy skud haar kop. "Nee, hy het gesê sy planne het verander. Hy het darem die ordentlikheid gehad om vir die volle drie nagte te betaal." Sy gee 'n laggie. "Nogals met 'n hoop kontant ook."

Hans grawe vir 'n Rennie in sy bosak en druk dit in sy mond.

"Het hy gesê waarheen hy op pad is?" vra Vasie.

"Nee, maar ek kon sien hy wou so vinnig moontlik hier wegkom. Shame, dalk het die man slegte nuus gekry. Mens sal nie weet nie, nè?"

Hans bedank haar en hulle loop verslae terug sypaadjie toe. Dit is vir hom aaklige nuus.

Vasie sê dat sy blaas hulle heel moontlik gepootjie het. "Ons kon hom op heterdaad betrap het as ons vroeër hier was."

Die enigste ligpunt is dat die kombi steeds in die straat geparkeer staan, wat daarop dui dat die ander spanlede nog besig is met ondersoekwerk.

Hulle klim in en vertel Senter wat gebeur het.

"Ons sal 'n nuwe afrigter moet aanstel," mompel hy, kennelik ook geplettervat deur die nuus.

Die oud-Bok trek weg en noem dat hy Maatjie-hulle nou by 'n gastehuis naby die hotel moet gaan oplaai.

Hulle ry in doodse stilte soontoe. Hans tuur onbelangstellend by die venster uit, sy lus vir hierdie soektog in 'n veel laer rat as gisteraand.

Hulle ry by die hotel verby.

Dan verstar Hans. Hy skreeu dat Senter by die eerste beskikbare parkeerplek moet stilhou.

Senter slaan 'n vernuftige gaping verby twee karre om voor albei se neuse 'n oop plek te steel.

Hans moet half omdraai om seker te maak dat sy oë hom nie bedrieg het nie. Helaas nie. Hy beduie dat Vasie en Senter ook in daardie rigting moet kyk.

Voor die hotel is 'n swart sedanmotor geparkeer, rooi lig op die dak, *Valke* op die bakwerk geverf. Op die sypaadjie langs die motor staan kaptein Spiertjies van Staden en twee uniformmanne.

Daar is geen teken van Spiertjies se kenmerkende lewensmoeë houding nie. Hy swaai en beduie wild met sy arms, soos 'n Russiese dirigent op steroïede.

## 41

Hans-hulle hou Spiertjies en sy trawante in geskokte stilte dop. Hulle verdwyn by die hotel in en kom vyf minute later uit. Spiertjies lyk steeds soos 'n spietkop wat die verkeersvloei in spitsverkeer probeer beheer. Hy swaai en beduie vir 'n vale met sy arms. Hulle bondel in die kar in en trek met tollende wiele en 'n loeiende sirene weg.

"Sê ek vir myselwers hy gaan so tekere dat dit net 'n moordenaar kan wees na wie hulle soek," sê Vasie.

Hans hoop Vasie is reg, maar besluit om daardie feit te gaan verifieer. Hy klim uit die kombi en stap hotel toe.

By die ontvangstoonbank wag 'n jong vrou met 'n breë tandepasta-glimlag hom in. "Kom u inboek?" wil sy weet, haar vingers gereed op die komper se sleutelbord.

"Nee," sê Hans, "as oudspeurder in die polisie, is ek net nuuskierig oor die besoek van die Valke so pas aan julle. Soek hulle iemand?"

Sy maak haar oë groot en praat in 'n fluisterstem. "Ja, oom, hulle soek na 'n meneer Davel. Hy het glo 'n klomp mense se geld verduister. Maar hy is gelukkig nie hier by ons ingeboek nie."

"Hoekom soek hulle hom juis in hierdie geweste?"

Sy trek haar skouers op. "Dit het hulle nie gesê nie."

Op pad terug na die kombi klop Hans se kop van ontsteltenis. Sy twee makkers kyk hom afwagtend aan toe hy inklim. Hans moet sy hart op sy aangesig gedra het, want Vasie steun voortydig.

Hans sug. "Ons het nou 'n ernstige botsing van belange, manne. Spiertjies is ook op Javel se spoor."

Vasie uiter 'n pynkreet asof hy 'n skop in die maag gekry het. Senter prewel iets van 'n "oortreding", pluk 'n fluitjie uit sy bosak en blaas hard daarop.

"Dit beteken ons is van die baan geknikker!" roep Vasie uit. "Dis koebaai vir ons beloning."

Hans knik. "Noudat ons uiteindelik op Davel se deurmat staan, gaan Spiertjies dit onder ons uitpluk."

Hy peins 'n rukkie. "Die vrou by die gastehuis het gesê Davel het nog vanoggend 'n draai gery. Eers daarna het hy holderstebolder uitgeboek. Hy het natuurlik die Valke se kar hier iewers gewaar en toe twee en twee bymekaargesit."

"Dis nie almiskie nie. Weer eens 'n geniale afleiding, Hans," sê Vasie.

Senter staar net voor hom uit en doen verbete strekoefeninge met sy vingers, asof hy 'n teenstander wil wurg.

Hans wonder vir 'n paar oomblikke of hulle nie vir Senter moet inspan om Spiertjies te elimineer nie. Met dié dat nie al Senter se varkies op hok is nie, sal hy nie krimineel aangekla kan word nie.

Hy skud sy kop. Hy gryp nou desperaat na strooihalms, en dít met idees wat nie staanplek in die werklikheid verdien nie.

"Wat gaan ons nou doen?" vra Vasie.

Hans kners op sy tande. "Dit help nie ons gaan sit op 'n hoop en stort bitter trane daaroor nie. Daar móét 'n manier wees om hierdie ding aan die hare deur te sleep."

Die span sit verslae by hulle Tietiesbaai-kampeerplek. Ou Nella het vir hulle toebroodjies gemaak nadat die finanskomitee 'n stokkie gesteek het voor Vasie se voorstel vir grootskaalse vleis- en drankaankope.

Hans beskou sy troepe. Vandag se nuus het 'n skaduwee oor hulle geesdrif gewerp. Hulle lyk soos mense wat deur die donder getref is. Deur die bank hang almal se vlerke.

Hy neem hulle nie kwalik nie. Nadat Senter die ander spanne by gastehuise gaan oppik het, moes Hans die nuus oor die Valke se onwelkome teenwoordigheid op St. Helenabaai aan hulle oordra. Dit het sy makkers die ritteltits gegee. Liesbet het daarop aangedring dat hulle oppak en die pad terug huis toe vat. "Ons kôn nie bekostig om op glôdde ys te stôn nie, Hôns."

Hans moes vure doodslaan soos nog nooit tevore op hierdie reis nie. Nadat hy 'n mate van kalmte bewerkstellig het, het hy voorgestel dat hulle op 'n sentrale punt in St. Helenabaai gaan parkeer om die Valke se maneuvers dop te hou.

Die oefening was nie vrugteloos nie. Bykans elke twintig minute het die swart gevaarte met sy flikkerende rooi lig en galmende sirene by hulle verbygeblits. Op Hans se aandrang moes die span later elke keer vir dekking koes wanneer hulle dié kabaal hoor aankom.

Teen laatmiddag het Hans voorgestel dat hulle moet terugkeer na hulle hoofkwartier om uit die Valke se vaarwater te bly. "Sien Spiertjies ons hier, kan dit sekere vermoedens by hom laat posvat, wat nie bevorderlik vir ons oorhoofse strategie is nie."

Nadat hulle bra lusteloos en in stilte hulle toebroodjies ver- orber het, besef Hans dat hy as leier die leisels sal moet neem.

Hy vra Liesbet om op haar foon se komper te kyk of daar enige Davel-nuus gebreek het. "As Spiertjies hom vasgetrek het, sal dit beslis teen dié tyd al aan die groot nuusklok gehang word."

Liesbet se vaardige vingerwerk lewer dadelik resultate op. "Hier is iets oor die Vôlke op Netwerk24," verklaar sy en oorhandig die foon aan Maatjie, wat bekend is vir sy skerp sig. "Lees jy die berig vir ons, Môtjie."

Die ander hou asem op. Hierdie berig hou verreikende gevolge vir hulle sending in, besef Hans.

"Die hoofopskrif lees: 'Valke warm op bedrieër se spoor'," kondig Maatjie aan.

"'n Eenheid van die Valke, onder leiding van kaptein Spiertjies van Staden, is op die hakke van die ponzi-skema-skelm, Javel Davel.

"Volgens kaptein Van Staden het die Valke gisteraand 'n anonieme oproep ontvang dat Davel hom op St. Helenabaai bevind. 'Ons was al vanoggend vroeg hier en het die dorp van hoek tot kant gefynkam deur by elke verblyfplek vir toeriste navraag oor Davel te doen. Hoewel dit geen resultate opgelewer het nie, het verskeie inwoners Davel se rooi Mercedes-sportmodel gisteraand en vroeg vanoggend op die dorp gewaar. Ons het teen omstreeks sewentien-dertig 'n deurbraak gemaak toe ons Davel se kar op 'n grondpaadjie op die rand van die dorp opgespoor het. Dit was verlate en dit was duidelik dat Davel sy bagasie saam met hom geneem het. Ons het nou 'n honde-eenheid ontbied om Davel se spoor te probeer kry. Die vermoede bestaan dat hy iewers in die bosse wegkruip.'

"Kaptein Van Staden het die publiek gemaan om Davel nie te konfronteer as hulle hom raakloop nie. 'Skakel die Valke dadelik, want hy kan gewapen wees,' het hy gesê. 'n Beloning van honderd-en-vyftigduisend rand word uitgeloof vir inligting wat tot sy inhegtenisneming lei.

"Kaptein Van Staden het ook genoem dit het onder sy aandag gekom dat sekere bejaardes op 'n paar Weskus-dorpe navraag oor Davel gedoen het. 'Hierdie mense stel hulle bloot aan ernstige vervolging. Die polisie kan nie toelaat dat sy ondersoek deur sulke onverantwoordelike optrede in die wiele gery word nie. Dit is 'n saak vir die polisie en beslis nié vir sommige bejaardes wat deur Davel ingeloop is nie,' het hy gesê."

Die geskokte uitroepe van party groeplede weergalm in die nagstilte. Hans se eerste gedagte is dat hierdie berig finaal koue water op sy planne gegooi het.

# 42

Hans kry nie kans om op daardie sieltergende berig repliek te lewer nie, want sy foon lui.

Carla, sien hy.

Hy oorweeg dit om die foon dood te druk, maar besluit op die nippertjie daarteen. Carla het natuurlik ook die berig op Netwerk24 gelees. Antwoord hy nie nou nie, kan sy maklik weer vir Proppie Peens op hulle loslaat. Of erger nog: vir Spiertjies van Staden bel om haar kommer oor haar pa met hom te deel.

Hans verskoon hom en stap 'n entjie weg sodat sy spanlede buite hoorafstand is.

Carla groet nie eens nie, val net weg met haar tirade: "Ek het pas 'n ontstellende berig gelees, wat daarop dui Pa is stééds besig om blatante leuens aan my te verkoop."

Hans maak of hy van geen sout of water wis nie. "Waarvan praat jy, my kind? Ek en my vriende sit nou rustig om die kampvuur en bespreek die blommeprag wat ons vandag hier in die natuurreservaat gadegeslaan het."

Sy snork. "Dít glo ek nie vir een oomblik nie! Volgens die berig is die polisie hewig ontsteld omdat sekere bejaardes op Weskus-dorpe navraag oor Davel doen. Hulle sê die bejaardes stel hulle bloot aan ernstige vervolging."

Hans gee 'n laggie. "Hulle verwys natuurlik na ons vroeëre navrae, wat nou eers by die polisie uitgedop het. Geen rede om jou daaroor te bekommer nie, want ons het al twee dae gelede daarmee opgehou. Soos ek laas vir jou gesê het, is die blommeprag nou ons enigste fokus."

Sy bly vir 'n wyle stil. "Is Pa-hulle steeds op Tietiesbaai?"

"Ja, en ons is van plan om môre suidwaarts te beweeg. Sal dalk so twee nagte op Langebaan oornag voor ons terug tehuis toe gaan."

"Kan ek Pa glo?"

"Natuurlik. Waarom sal ons ons onnodig wil blootstel aan vervolging? Ons geld is ook so te sê op. Ons het geen ander keuse as om terug te gaan nie."

Sy aarsel. "Wel, dan is ek bly, Pappie. Jammer oor my uitbarsting. Geniet julle reis verder en bel my tog asseblief elke dag. Ek bly bekommerd oor die ryery. Daardie Weskus-paaie is soms mos maar besig."

Nadat Hans afgelui het, besluit hy om Liesbet te vra om die foto's wat sy gereeld van plate blomme langs die pad neem, vir hom aan te stuur sodat hy dit vir Carla kan whatsapp. Dit sal meewerk om weer haar asemhaling te stabiliseer. Hy sal ná hierdie ekspedisie ernstig met sy skoonseun moet praat. Hy sal moet sorg dat Carla onder doktershande kom, want haar paranoia ruk nou handuit.

Toe Hans hom weer by sy spanmaats aansluit, lyk dit of daar 'n Babelse verwarring heers soos almal gelyktydig praat. Wieletjies rits een uitroep na die ander af, wat Maatjie op 'n streep sekondeer. Vasie praat dat die spoeg spat. Ou Nella se nekhamme ry skoppelmaai soos sy die woord voer. Om 'n debatspunt te maak, swaai Liesbet haar arms, wat haar armbande soos klinkende simbale laat raas. En Senter se skeidsregterfluitjie skril ten hemele terwyl hy 'n losgemaal onder 'n stofwolk naboots. 'n Bende van Kardoes as hy al ooit een gesien het, dink Hans.

Hy hou sy arms omhoog om die orde te herstel. "Vriende, vriende, kom tot bedaring," tril sy stem deur die rumoer.

Oplaas kom daar 'n einde aan die spektakel. Almal kyk na Hans.

"Dis nou 'n tyd om kop te hou. Om ons tot só 'n raserny te wend, gaan net sinlose anargie stimuleer en die kampopsigter rede gee om ons in die ban te doen."

Hy vra dat Liesbet weer op die berig moet ingaan. Hy neem die foon by haar. "Ek wil 'n finale ontleding van die situasie doen. Ek het 'n vermoede dat Spiertjies se inligting oor Davel ontoereikend is, wat ons tot ons voordeel kan inspan."

'n Onderlinge gebrom is onder sommige lede hoorbaar.

"Ons kôn tog nie voortgôn met ons ondersoek nie, Hôns!" verwoord Liesbet die brombrigade se gevoelens.

Hans ignoreer dié opmerking en lees die berig aandagtig. Daar is ook 'n foto van Davel, wat hy as 'n onverwagse bonus ervaar.

"Eerstens is dit duidelik dat Spiertjies onbewus is van Davel se Javel Jacobs-alias. Hy sou dit beslis genoem het as hy oor daardie inligting beskik het." Hans hou die foon se skerm uit na sy gehoor. "En tweedens is Spiertjies nog onbewus van Davel se nuwe voorkoms. Hierdie foto van Davel dateer uit die tyd toe hy nog sy peroxide-haredos gehad het en sonder 'n moestas was. In die onderskrif staan dat Davel vermoedelik nog so lyk. Die gepeupel wat na aanleiding van die berig nou bewus is van sy teenwoordigheid aan die Weskus, sal hom dus nie kan eien nie. En daarom ook nie die polisie met uitkenning kan help nie.

Ons het dus steeds 'n knewel van 'n voorsprong om hom eerste vas te trek."

Liesbet uiter 'n lang, uitgerekte kermkreet soos iemand wie se kiestand sonder verdowing uitgetrek word. "Ons kôn hom nie verder wil soek nie!" roep sy uit. "Die ongeluk sôl ons hôl, Hôns."

Hans kap terug: "Met daardie twee pyle in ons koker sal dit dom wees om ons ondersoek te wil staak. Ná al die voorbereidings, verkryging van borge, beplanning, veilingsuksesse en ure se sweet agter Davel aan, sal dit belaglik wees om nou koue voete te kry. Spiertjies se vervolgingspraatjies skrik my ook nie af nie. In 'n hoër hof sal ons onskuldige navrae nie as grondwetlike oortredings beskou word nie."

Hoewel Hans self twyfel oor die geldigheid van laasgenoemde stelling, lyk dit tog of hy die meerderheid omgekonkel het met sy betoog, want Maatjie sekondeer dit en Vasie laat waai met 'n "Hoor-hoor". Ou Nella knik ook met vibrerende nekhamme en Senter voer 'n paar bokspronge uit.

Wieletjies frons nog. "En as die polisie se honde-eenheid Davel vannag vastrek?"

"Dan moet ons aanvaar dat ons die veldslag verloor het," sê Hans en gee 'n laggie. "Maar ek sal nie my geld daarop sit nie. Die polisie kon hom drie jaar lank met die seebamboes-slenter nie in boeie slaan nie. My oorwoë mening is dat hy weer te slinks vir hulle gaan wees."

Liesbet kyk hom uit die hoogte aan. "Ons sôl môre op Netwerk24 sien of jy reg is, Hôns. Trek hulle hom vôs, sôl die mediô dit dôdelik uitbôsuin," smoor sy ietwat sy en sy makkers se opnuut besielde ingesteldheid.

## 43

Die oggend kon nie vir Hans op 'n beter noot begin nie. Volgens 'n mediaberig kon die honde-eenheid geen spoor van Davel in die bosse kry nie. Spiertjies het verklaar dat die Valke ondanks hierdie terugslag onverpoos na Davel sal bly soek.

Hans, wat hierdie keer die berig op Liesbet se foon voorgelees het, het besluit om laasgenoemde stelling nie hardop weer te gee nie. Hy het besef as hy dit nie in die doofpot stop nie, sal die paniek onder sy makkers net van voor af verhit.

"Klink of Spiertjies-hulle die knie nou finaal gebuig het. Javel het hopeloos te veel kaarte in die mou vir hulle," verklaar hy. "My vermoede is dat Javel 'n rygeleentheid by iemand gekry het en hom nou iewers ten noorde van St. Helenabaai bevind. Dis die area wat ons moet verken."

Sy verdigsel dat Spiertjies die handdoek ingegooi het, sorg dat teenkanting vir hierdie voorstel gering is. Dis net Liesbet wat nie ingenome voorkom nie. Lyk behoorlik of sy haar lippe vastrap van die nukkerigheid.

Hans spoor sy troepe tot groot spoed aan. "Die asem sit nog in almal van ons. Dinge moet dus nou op galop plaasvind. Om oordadige grimering aan te wend, is daar eenvoudig nie voor tyd nie." Hy beduie na Vasie. "En vat 'n houer saam as jy 'n nood op die pad ontwikkel. Jou blaas het ons gister waardevolle minute laat inboet."

Sy woorde weeg swaar, want die vroue bondel onverwyld vaal

in die aangesig by die kombi in. Dis net Liesbet wat in die hardloop vervaard wangblosser probeer aanwend. Vasie kom aangedraf met 'n leë verfblik wat hy iewers op die kampeerterrein opgespoor het.

Op die pad stel Hans sy reisgenote gerus dat hulle nie vandag in spanne hoef op te deel nie, want hy sal alleen navrae doen as dit nodig blyk te wees. "Dit sal julle ander ten minste van prisonierstatus vrywaar."

"Voorwaar 'n leier van Churchill se statuur, wat hom tot sulke manhaftige en onselfsugtige optrede verbind," swaai Vasie hom lof toe.

Hulle ry in 'n gewyde stilte, almal diep onder die indruk van hierdie rit se deurslaggewende belang. Soms is net Vasie se watervalle in die verfblik hoorbaar. Dit is darem nie oorweldigend ten opsigte van klanksterkte nie, want hy is op die vroue se aandrang na die kombi se bagasieruim verban.

Hans vind egter Liesbet se paranoia, wat goed op pad is om dieselfde afmetings as Carla s'n aan te neem, erg steurend. Asof haar lewe aan 'n draadjie hang, koes sy elke keer weg agter 'n sitplekleuning wanneer 'n voertuig die kombi verbysteek. Haar op-en-af-wippery is nie bevorderlik vir Hans se konsentrasie nie. Hy moet skaaf aan 'n fyn strategie om nie die Valke se toleransievlakke onnodig uit te daag nie. En dit vereis onverstoorde dinkwerk.

Spiertjies se swart gevaarte is nie vanoggend in St. Helenabaai se strate te siene nie, wat sugte van verligting ontlok. "As julle my vra, is hy stert tussen die bene terug Kaap toe," gee Hans verdere stukrag aan sy verdigsel van vroeër.

Hy ignoreer 'n paar skimpe dat hulle moet stilhou om koffie

te drink. Geen kans dat Davel steeds op St. Helenabaai skuil nie. Hans wil eerder by 'n noordwaartse bestemming anker gooi om daar 'n ogie in die seil te kry. "Ons kan op Velddrif koffie drink," demp hy suksesvol sy makkers se koffielus.

Hulle ry verder, maar dit gaan nou op Hans se aandrang stadiger. "Verken maar die bosse langs die pad met 'n arendsoog. Mens weet nooit of Davel hom daar stiekem hou nie."

Uiteindelik bereik hulle Velddrif. Senter trek by 'n vulstasie af, wat 'n aangrensende restaurantjie het waar hulle koffie kan drink. Volgens die finanskomitee sal hulle begroting nie ook 'n ontbyt vir elkeen kan akkommodeer nie, wat Hans gelate aanvaar. Hulle is nie hier om te vreet nie, maar om Davel op te spoor.

Hulle klim uit die kombi en almal strek hulle uit om van die oggend se stres in hulle litte ontslae te raak.

Net voor hulle die restaurant kan betree, steek die groep viervoet vas. Die onheilige loeiende sirene van die Valke weergalm oorverdowend neffens hulle.

Tot sy ontsteltenis sien Hans die swart gevaarte het langs die kombi ingetrek. Spiertjies klim uit en pyl met lang treë op hulle af. Sy verbete houding gee nuwe betekenis aan die term doelgerigtheid.

"Nou is ons in diep wôter," prewel 'n bleekgeskrikte Liesbet.

"Ek sal die woord alleen voer," fluister Hans vir sy maats. Hy kan nie bekostig dat elkeen sy eie deuntjie sing nie. Dit sal rampspoedige gevolge inhou.

Spiertjies se kake is gespan en sy oë spoeg vuur. "En hier het ons die Van Kraaienburg-groepie, wat volgens my inligting besig is om hulle neuse in polisiesake te druk."

Hans tree na vore. Hy hou hom so onskuldig soos 'n pasgebore baba. "Ek weet regtig nie waarna jy verwys nie, kaptein." Hy klop Spiertjies gemoedelik op die skouer. "Maar wat 'n aangename verrassing om kaptein hier raak te loop," sê hy gul. "Is julle agter 'n moordenaar aan?"

Spiertjies se mond vertrek. "Moet jou nie onskuldig met my probeer hou nie, Van Kraaienburg. Jy weet goed na wie ons soek."

Hans skud sy kop. "Nee, kaptein, jy het dit verkeerd. Ek en my toergroepie is heeltemal in die duister daaroor."

Spiertjies snork. "Jy bullshit my nie." Hy swaai sy vinger voor Hans se neus. "Laat ons mekaar nou mooi verstaan, ou swaer. Hoor ek weer enige gerugte dat julle met die Davel-saak inmeng, ry julle hele spul in 'n vangwa terug Kaap toe. En dis 'n bleddie belofte."

Hans trek sy gesig in 'n formasie van verontwaardiging. "Moenie ons hoepels wil aanklink oor iets wat ons nie gedoen het nie, kaptein. Jy verspil jou kruit. Ons is uitsluitlik hier om die Weskus se natuurskoon te bewonder."

"Snert!" blaf Spiertjies. "Toe jy anderdag kwansuis ontvoer is, het ek in die media gesien en gehoor hoe jy mense in die verlede bedrieg en belieg het. Moet jou dus nie met my ook dwarsgebek wil hou nie."

Hans kry nie kans om te reageer nie, want Spiertjies wend hom na die res van die toergroep. Hy gaan staan uitdagend voor hulle, hande in die sye. "Ons hou julle dop, hoor! Verstaan julle my duidelik?"

Hulle knik met oordrewe oorgawe. Liesbet lyk of sy klaar in die dal van die doodskaduwee is, terwyl ou Nella se nekhamme vreemde rukkings en trekkings kry wat Hans nog nie voorheen waargeneem het nie.

Spiertjies groet nie eens nie, keer net sy rug op hulle en stap fier en regop terug kar toe.

"Onbeskofte vent," prewel Hans.

Hulle kyk die Valke-kar agterna toe dit weer met 'n loeiende sirene en fluitende bande wegtrek. Spiertjies gee hulle 'n laaste vernietigende kyk deur die ruit.

"Ons kôn nie bekostig om ons verder in die ongeluk te stort nie, Hôns," teem Liesbet.

"Ek stem," beaam Maatjie.

"Sê ek vir myselwers ons wou dalk meer afbyt as wat ons kan kou," sê Vasie.

Al is dit hoe 'n bitter pil om te sluk, moet Hans ook toegee dis nou klaar met Kees.

# 44

Hans en sy maats stap verslae en verslane by die restaurantjie in en gaan sit om 'n tafel.

Maatjie verklaar dat hulle nou ook 'n ontbyt sal kan bekostig "met dié dat ons môre huiswaarts gaan keer".

"Daar is darem seker genoeg in die kietie oor om ons Weskus-toer vanaand op 'n gepaste wyse met 'n oordaad spys en drank af te sluit?" vra Vasie hoopvol.

Maatjie knik, maar buiten vir Vasie lyk die ander nie juis oorstelp van vreugde nie.

Hierdie vernietigende nederlaag het diep wonde in almal geslaan, besef Hans. Hy self gaan nie gou daarvan herstel nie. Trouens, hy weet nie of hy al ooit in sy lewe só 'n bloutjie geloop het nie.

Terwyl sy makkers die spyskaarte bestudeer, kyk Hans rond. Die plekkie se kos moet onder verdenking staan, want daar is nie 'n enkele siel in sig nie. 'n Leë koffiekoppie en melkbekertjie op die eenmantafeltjie langs hulle is die enigste tekens dat die plek al vandag 'n besoeker gehad het.

Dan sien Hans iets op die tafeltjie raak wat hom onverhoeds betrap. Sy mond val spontaan oop. Hy skreef sy oë om seker te maak hy sien reg. Ja, sy sig is in die kol. Hy voel hoe hy hoendervel kry.

Langs die koppie lê stukkies van 'n gebreekte vuurhoutjie. Dit kom helder by hom op hoe Davel twee vuurhoutjies in klein stukkies opgebreek het tydens Hans se ontmoeting met hom in die posduifklub se sitkamertjie. Hans het toe nog gedink dis 'n handeling van genieë, want hy het gelees Einstein het soortgelyke eksentrieke gewoontetjies gehad.

Hans besluit om sy makkers nie nou al in te lig oor sy waterskeidende bevinding nie. Hulle is nog nie gereed om dit te verwerk nie. Met die skrik van Spiertjies se vermanings nog vars in die geheue, kan dit dalk net 'n onaardse beroering veroorsaak.

Hy verskoon hom deur te sê hy moet die badkamer besoek. Met 'n kloppende hart stap hy na die enigste kelnerin, wat in een hoek staan en haar skelrooi naels bewonder.

"Is oom-hulle gereed om te bestel?" vra sy toe hy by haar kom.

"Nee, jy kan ons nog 'n wyle kans gee." Hy beduie na die tafels. "Ek het met my nefie ooreengekom om hom vanoggend hier te kry, maar ons groep is 'n bietjie laat. Ek is bekommerd dat hy al weer weg is."

"Hier was 'n man wat so 'n uur gelede koffie gedrink het." Sy giggel. "Ek het eers gedink dis Schalk Bezuidenhout, want sy hare lyk presies soos Schalk s'n. Maar dis toe nie Schalk nie. Hy is baie aantrekliker as die ou wat hier was."

Hans knik. "Klink presies soos my nefie. Hy het juis so 'n wilde swart vag aan hom. Het hy dalk gesê waarheen hy op pad is?"

Sy skud haar kop. "Nee, oom." Haar gesig helder op. "Maar toe ek sy koffie neersit, het ek gehoor hy praat oor die foon met Duwweltjie Broodryk. Hy het nog gesê: 'Right, Duwweltjie, dan kry ek jou daar.'"

"Wie . . . is Duwweltjie Broodryk?"

Sy lag. "Dis obvious oom is nie van hier nie. Almal in dié

geweste ken Duwweltjie. Hy is 'n eiendomsagent wat vakansiehuise aan toeriste verhuur."

"Het jy dalk sy nommer?"

"Nee, oom." Sy beduie na 'n koerant op die ontvangstoonbank. "Maar oom sal dit in die *Weslander* kry. Hy adverteer elke week daarin."

Sy vergesel Hans na die ontvangstoonbank. "Oom kan ongelukkig nie die koerant kry nie, want dis my manager s'n. Maar kom ons kyk gou." Sy blaai stadig deur die koerant, druk dan met haar vinger op 'n bladsy. "Hier's dit."

*Kontak Duwweltjie Broodryk nou. Hy haal binne 'n japtrap die dorings uit jou vakansieverblyf,* lees die advertensie se opskrif.

Hans pons die eiendomsagent se nommer vervaard in op sy foon se kontaklys.

"Jy het nie dalk gesien met watter voertuig my nefie hier aangekom het nie?"

"Dit was met 'n bike, oom, want hy het sy helmet en 'n groot rugsak saam ingebring."

Hans bedank haar vir haar hulp. Uit die hoek van sy oog sien hy sy reisgenote is nog besig om die spyskaarte intens te bestudeer. Eet blyk vandag vir hulle 'n baie ernstige saak te wees.

Hy stap na die badkamer en sluit homself in een van die toilethokkies toe.

Hans wonder waar Davel aan die motorfiets sou kom. Dalk 'n vriend s'n? Of dalk het hy dit gesteel? Die moontlikheid is ook nie uitgesluit dat hy die motorfiets op St. Helenabaai gestoor het nie, wat hy as 'n wegkomryding kon inspan as die gereg op die rooi Merc se hakke is.

Hy bel Duwweltjie. Die grootsheid van die oomblik laat sy

hand liggies bewe. Hy sal versigtig met sy woorde moet omgaan om nie spore vir Spiertjies te los nie. Die ongeskikte offisier werk dalk onder een deken saam met eiendomsagente in die kontrei.

"Duweltjie Broodryk tot u diens," antwoord die eiendomsagent in 'n vrolike stemtoon.

"Kerneels Verwey wat praat," sê Hans.

"Hoe kan ek help, meneer Verwey?"

"Jong, ek soek 'n vakansiehuis in die omgewing. Wat het jy beskikbaar?"

"Met dié dat die skole gesluit het en ons hierdie wonderlike lenteweer beleef, is vakansiehuise skaars. Maar laat ek gou kyk."

Hans hoor papiere ritsel.

"Op Paternoster het ek nog twee plekke en op Velddrif enetjie. Ongelukkig het ek die laaste beskikbare huis op Dwarskersbos net 'n halfuur gelede aan 'n man verhuur."

Hans onderdruk sy begeerte om te vra wie dié man is. Dit kan later in 'n hoër hof teen hom tel indien Spiertjies en Duweltjie kop in een mus is. Hy sug swaarmoedig. "Ek wou juis op Dwarskersbos huur. Nog altyd maar my voorkeurplekkie."

"O jinne, dan kan ek nie help nie." Hans hoor die teleurstelling in die agent se stem.

Die wiele in Hans se kop draai teen so 'n duiselingwekkende spoed dat hy amper lighoofdig voel.

"Hoe lank huur die man op Dwarskersbos? Want ek kan altyd die huis by hom oorneem as hy nie te lank daar vertoef nie."

"Net 'n week."

"Dit pas my soos 'n handskoen!" roep Hans uit. "Ek sou graag darem vooraf 'n draai daar wou gooi. My vrou is gesteld op 'n goeie see-uitsig."

"Dan hoef jy nie bekommerd te wees nie, meneer Verwey. Die huis het 'n praguitsig. Maar gaan kyk self, dan laat weet jy my of jy tevrede is." Hy verstrek die straat en nommer van die huis, wat Hans in sy notaboekie neerpen.

Met die belofte dat hy Duwweltjie binne 'n dag of twee weer sal bel, groet hy.

Hans was lanklaas so in sy noppies met homself. Hy het sy geluk beproef en sy waagstuk het dividende gelewer. Hy is doodseker dat hy ook nie leidrade wat na hom teruggespoor kan word vir die Valke gelos het nie. Selfs Sherlock sou hom dit moeilik kon nadoen.

Hy is nou gereed om berge te versit. Sy grootste uitdaging gaan wees om sy rede só te plooi dat sy makkers ook sy denkstroom volg.

Maklik sal dit nie gaan nie, weet Hans.

# 45

Terwyl sy makkers hulle borde kos met mes en vurk aanval asof hulle dae lank die buikgord moes styftrek, besluit Hans om nie die Davel-nuus in die beperkte ruimte van die restaurantjie met hulle te deel nie. Hulle gewoonte om luide uitroepe te uiter – en veral Senter se onvoorspelbare optrede – kan die kelnerin hond se gedagte laat kry.

Hy sal die nuus in die beskutte kajuitruimte van die kombi breek en sorg dat die vensters toe is om klankdigtheid te bevorder.

Ná ete gaan staan Hans solank by die kombi terwyl sy reisgenote na die badkamers toe string. Dit gee hom tyd om sy beplande voordrag te verfyn.

Met almal oplaas terug in die kombi, spring Vasie hom voor. "Sê ek vir myselwers dit is nou die geskikte tyd om spys en drank vir vanaand se groot afskeidsfees aan te koop. Dan hoef ons nie ná 'n welverdiende middagslapie nog die las van aankope op ons skouers te dra nie."

Hans hou sy hand omhoog. "Nee, Vasie, daar gaan vanaand iets anders op ons agenda wees. En dit gaan veel gewigtiger wees as om ons trommeldik te eet en die keel met oorgawe te smeer."

Almal staar hom oopmond aan.

"Môr jy het dôn ingestem dôt –"

"Gee my asseblief kans om my rede te voltooi, Liesbet," knip hy haar kort.

Hans beduie vir Senter om die ruit aan sy kant op te draai "sodat vertroulikheid gewaarborg word".

Hy skraap sy keel en praat in 'n fluisterstem: "Ek het opspraakwekkende nuus om met julle te deel. Ek weet presiés waar Javel Davel skuil."

Die geskokte uitroepe van wisselende klanksterkte en Senter se mini-haka wat hy in 'n sittende posisie uitvoer, laat Hans besef sy besluit was reg om dié nuus nie in die restaurantjie openbaar te maak nie.

Terwyl sy makkers vasgespyker aan sy lippe sit, vertel hy hulle hoe die gebreekte vuurhoutjiestukkies hom via die kelnerin en Duwweltjie Broodryk aan Davel se adres laat kom het.

"Dis nou wat ek begaafde speurwerk noem," sê Vasie bewonderend.

Dis duidelik almal is in die dolliewarie oor die nuus.

Selfs Liesbet glimlag wyd en syd. "Nou kôn ons net vir Spiertjies bel, hom inlig wôr Dôvel skuil en dôn bôkhônd stôn vir die beloning."

Hiér begin sy uitdagings, weet Hans. Hy skud sy kop. "Nee, Liesbet, só eenvoudig gaan dit nie wees nie. Ons kan nie daardie kans waag nie."

"Wôt bedoel jy, Hôns?"

"Kom die Valke by die huis aan en Davel het dalk 'n draai met sy motorfiets gaan ry, staan hulle voor dooiemansdeur, wat nie tot sy inhegtenisneming sal lei nie. Tegnies gesproke sal dit ons van die beloning ontneem. En met dié dat Spiertjies ná 'n oproep van ons Dwarskersbos binnegejaag gaan kom met sy loeiende sirene en flikkerende lig, kan hy Davel betyds die hasepad laat kies."

Plooie slaan op almal se voorkoppe uit soos hulle Hans se weldeurdagte denkpatroon prosesseer.

"Hoe hanteer ons dit dan?" wil Maatjie weet.

"Ons sal self onder die sluier van die nag hierdie operasie bene moet gee. Dit sal vereis dat ons soos Hektor, die dapperste Griekse held met die slag van Troje, buitengewone waagmoed aan die dag moet lê," sê Hans.

Sy woorde veroorsaak 'n heidense herrie.

"By my siel!" prewel Vasie.

"O my Hektor, gee my eerder 'n veilige sektor!" laat Wieletjies van haar hoor.

"Ons verdedigingslinie het te veel gebreke," sê Senter.

"Ek is met huid en haar teen so iets gekant," brom ou Nella.

"Jy wil hê ons moet nou 'n verkeerde perd opsôl," beskuldig Liesbet vir Hans.

Hy kan sy tong afbyt dat hy die aanhef tot hierdie onderneming op so 'n kragdadige wyse ingekleur het. Om kalmte onder sy makkers te herstel, krabbel hy terug met sy woordkeuse. "Ons gaan nie onnodig ons koppe in 'n strik steek nie. Ons gaan net verseker dat 'n tjek van honderd-en-vyftigduisend rand in ons skoot land."

Die verwysing na geld laat swaai die skaal summier vir Vasie. "Mense, kom ons gee Hans 'n billike kans om sy plan uit te lê."

"Dankie vir jou akkommoderende houding, Vasie," sê Hans. "My plan staan op twee bene. Eerstens sal ons vanoggend nog 'n erfevaluering à la Proppie Peens op Dwarskersbos moet doen om te bepaal watter hindernisse die terrein inhou. Met daardie insig in pag, kan ons die terrein dan vanaand sonder stres betree. Die kans dat Davel ons in die donker ure van die nag sal waarneem, is veel geringer as in die dag. Die plan is om dan 'n kordon om die huis te vorm om ontsnapping in die kiem te smoor. Sodra hierdie ontplooiing voltooi is en ons honderd persent seker is Davel is in die huis, bel ek Spiertjies om uitvoering aan die inhegtenisneming te gee."

Liesbet staar Hans in afgryse aan, maar sy ander makkers se uitdrukkings weerspieël nog nie algehele verwerping nie. Te oordeel na hulle wasige oë, kou hulle nog aan die plan.

Dan verbreek Vasie die stilte. "Sê ek vir myselwers dit klink na 'n waterdigte strategie."

"Ek sekondeer," sê Maatjie.

Ou Nella, Senter en Wieletjies knik ook.

"Ons gôn nie voëlvry hiervôn ôfkom nie, Hôns. Dôvel kôn gevôrlik rôk ôs hy in 'n hoek vôsgekeer is," opper Liesbet haar beswaar.

"Nee wat, die kanse dat hy 'n onderbroek of twee gaan ruil, is veel groter as dat hy gevaarlik sal raak," sê Hans.

Vasie se uitbundige gelag verbreek die somber atmosfeer.

"Kom ons gaan slaan klou in die grond," kom dit strydlustig van ou Nella. Haar woorde spoor die ander ook tot kordate uitsprake aan, wat alle oorblywende spanning oor die moontlike verwerping van sy plan uit Hans se lyf laat sypel.

Hulle lê koersvas en sonder voorval die hanetree na Dwarskersbos af.

Hans beveel Senter om stil te hou net voor hulle die teikenstraat bereik. "Ons kan nie bekostig om met ons Boswell & Wilkie-voertuig verkenningswerk te doen nie. Dit trek te veel aandag. Ek sal te voet die terrein gaan bespied."

Dit is die pragmatiese Maatjie wat Hans daarop wys dat só 'n handeling sekere risiko's inhou. "Davel kan dalk deur een van die vensters kyk en jou herken."

Hans knik. "Dit is 'n bewyskragtige gevolgtrekking, Maatjie. Vermomming is dus my voorland."

Die groep hou 'n blitsberaad. Liesbet wend wangblosser aan op Hans se hele gesig om dit 'n voorkoms van oormatige sonblootstelling te gee. Sodoende sal hy die persepsie van 'n gereelde stapper versterk. Senter grawe 'n Auckland-pet onder die sitplek uit wat hy in 1965 tydens 'n All Black-toer gekry het, en Vasie leen vir Hans sy donkerbril. "Sê ek vir myselwers jou kinders sal jou nie eens herken nie."

Met daardie gerusstelling in die agterkop, pak Hans Kalkoentjiestraat met groot selfvertroue en 'n haastige tred aan. Die teikenhuis is amper op die punt van die straat geleë en sit aan die agterkant van 'n redelik groot erf. Aan die kante en agterkant is hoë Vibracrete-mure, wat ontsnapping vir Davel onmoontlik maak. 'n Lae muurtjie voor die huis skep wel 'n gaping. Maar met slim plasing van sy troepe kan hy voldoende bepantsering bewerkstellig, dink Hans. Diefwering voor al die vensters sal Davel dwing om 'n buitedeur te gebruik. 'n Verdere bonus is dat die motorhuis losstaande is. Davel sal dus nie ongesiens toegang tot sy motorfiets kan kry nie.

Met die terugstap na die kombi begin 'n uitgelate Hans al om sy lendene te omgord vir vanaand se aksie. Hy is doodseker dat hy 'n draad vir elke naald het.

## 46

Hans het die karavaan vanmiddag ingerig as oorlogskamer, en daar het hy sy krygsplan ter tafel gelê.

Hy het eers op 'n groot vel papier, wat hulle op hul terugtog na die Tietiesbaai-hoofkwartier op Velddrif aangekoop het, 'n skets van die Kalkoentjiestraat-erf gemaak. Toe het hy sy troepe versoek om om die tafel in die karavaan stelling in te neem vir 'n voorbereidingsessie. Hy het die taktiese maneuvers wat vanaand op hulle wag, op die vel papier aangestip sodat verwarring tydens die veldslag tot die minimum beperk kan word.

Hans het gesê hy sal die frontlinie vorm deur by die voordeur van die Davel-huis te waak. Maatjie en Wieletjies sal die agterlinie dek deur die kombuisdeur dop te hou en die agtererf te patrolleer. Vasie sal die motorhuis se deur beveilig, terwyl Senter en ou Nella as die swaar artillerie in die voortuin ontplooi word. Liesbet vorm die reserwemag, wat in die kombi moet waak om te keer dat Davel 'n onverwagse kapingspoging probeer uitvoer.

Tevrede dat elke spanlid sy posisie en rol onder die knie het, het Hans op 'n veldoefening aangedring. Liesbet moes in die kombi sit met al die ruite oop. Hans het haar geblinddoek sodat sy net op haar gehoorsintuig ingestel is. Die uitdaging vir hom en sy troepe was om van 'n afstand van twintig meter die kombi te nader sonder dat Liesbet hulle hoor.

Die eerste oefenlopie was 'n klaaglike mislukking toe ou Nella Vasie se hak vastrap, wat hom vorentoe op 'n sandduin laat neersloeg het. Vasie se gekruide taal het Liesbet laat skreeu dat sy hulle hard en duidelik hoor.

Dit was 'n waardevolle les vir Hans. Bondelbetreding van die erf sou soortgelyke risiko's inhou, het hy besef. Hy het toe daarop aangedring dat hulle in voetkolonne, almal 'n paar meter uitmekaar, die kombi benader. Sy aanvanklike voorstel dat hulle soontoe moet luiperdkruip was nie prakties uitvoerbaar nie weens die gebrek aan soepelheid in die meeste se spiere, sy eie inkluis. Hulle moes boonop minute lank sukkel om ou Nella weer vanuit haar luiperdkruip-posisie staande te kry.

Met die derde voetkolonne-probeerslag het Liesbet uitgelate verklaar dat hulle nou so stil soos oorlogskepe beweeg het. En as hulle dit vanaand kan herhaal, sal Davel van geen sout of water weet nie.

Hoogs tevrede dat die veldoefening die sweet werd was, het Hans voorgestel dat hulle 'n lang middagslapie inspan "om vanaand uitgerus op oorlogsvoet te kan wees".

Hy het sy troepe ook versoek om donker klere te dra as gevegsdrag vir die veldslag. "Ons het die nadeel dat ons sonder krygstuig en grofgeskut die konfliksone gaan betree. Daarom is kamoeflering, as die enigste pyl in ons koker, van die opperste belang."

Teen skemer het sy spanlede een-een ontwaak. Hans was tevrede met almal se krygsdrag. Aan die aggressiewe uitdrukkings op hulle gesigte was dit duidelik dat hulle slaggereed was om tot die offensief oor te gaan. Selfs Liesbet het 'n verbete trek om haar mond vertoon.

In stille vasberadenheid het hulle Dwarskersbos teen halfelf binnegery. Kalkoentjiestraat het redelik stil en verlate voorgekom. Die meeste huise was reeds in donkerte gehul. Hulle het skuins oorkant die Davel-vesting stilgehou. Daar het nog 'n lig in 'n voorkamer gebrand. Twintig minute later is dit uitgedoof, maar toe het 'n lig iewers in die agterste gedeelte van die huis aangegaan. "Hy is minstens nou in sy slaapkamer," het Hans gespekuleer.

Die enigste verontrustende feit waarmee sy krygsplan nie rekening gehou het nie, was dat die stoeplig die voorste gedeelte van die tuin helder verlig het. Hans het die hoop uitgespreek dat Davel sensitief is vir Eskom se mankolieke kragstasies en dat hy die lig weldra sal afskakel. Maar daarvan het dadels gekom. Toe die agterste kamerlig ná tien minute uitgedoof word, het die stoeplig nog soos 'n spreilig langs 'n sportveld elke graspol op hulle betredingsroete skerp omlyn. "Ons kon netsowel in spierwit uitrustings gekom het," het Hans gebrom.

"Moet ons dit nie maar waag om nou front toe te gaan nie?" het Vasie in 'n benoude stemmetjie gevra.

Hans het sy kop geskud. "Nee, ons moenie te gou ons kerse wil uitbrand nie. Geduld moet ons wagwoord wees. Rome is nie in een dag gebou nie." Die vae hoop het steeds by hom bestaan dat die stoeplig op wonderbaarlike wyse vanself gaan uitdoof.

Nou, 'n halfuur later, besef Hans sy wensdenkery vreet net waardevolle minute op. Hulle sal met die kaarte moet speel wat aan hulle uitgedeel is.

Hy gee sy makkers gou 'n paar laaste instruksies. "Onthou om heeltyd op julle hoede te wees. Sodra ons klaar ontplooi is, gaan ek Spiertjies bel. As Davel 'n ligte slaper is, gaan die Valke se sirene en skreeuende bande hom al op 'n afstand uit sy drome ruk. Dit kan hom tot desperate ontsnappingspogings aanspoor."

Hulle klim stil uit die kombi en stap op gepunte tone oor die pad. Hans maak die voorhekkie versigtig en stadig oop. Hy laat sy troepe die terrein op 'n veilige afstand uitmekaar en in stadige pas betree, soos hulle dit tydens die veldoefening verfyn het.

Hans bly eers by die voorhekkie staan om 'n wyer veld met die oog te bestryk. Hy wil seker maak sy makkers neem hulle regte aanvalsposisies in. Toe Maatjie en Wieletjies om die huis se hoek verdwyn om die agterlinie te beveilig, besluit Hans om hulle vyf minute te gee om hulself in die loopgrawe in te grawe.

Hy is ook tevrede met die ontplooiing van sy troepe in die voortuin. Vasie staan in 'n gebukkende houding gereed by die motorhuisdeur. Hy het 'n stuk vuurmaakhout in die hand, wat hy langs die motorhuis opgetel het. Senter dek die linkerflank van die tuin. Hy gee 'n paar agteropskoppe om aan te dui hy is gereed vir aksie. Ou Nella het op die regterflank stelling ingeneem. Sy wieg heen en weer op haar hakke om soepelheid van been te verseker.

Hans kyk om na die kombi, waar Liesbet op 'n gereedheidsgrondslag wag. Sy beduie met haar duim vir hom dat die kombi volledig beveilig is. Die ruite is toe en die deure gesluit. As die enigste lid van die reserwemag, moet sy eerstens keer dat Davel die kombi as wegkomvoertuig misbruik. Maar sy moet die situasie fyn dophou. Blyk dit dat die kombi ingespan moet word om Davel te agtervolg indien hy deur die verdedigingskolonne breek, moet sy die kombi se enjin aansluit sodat Senter op 'n vinnige wegtrek kan staatmaak.

Hans wag nog 'n paar minute. Sy plan is om Spiertjies eers op 'n veilige afstand van die huis af te bel en hom dan na die frontlinie te haas om as buffer by die voordeur te dien.

Hy stap na die oorkant van die pad en grawe sy selfoon uit sy sak.

Hans grynslag. Die oomblik van afrekening het oplaas aangebreek.

# 47

Tot Hans se verligting antwoord Spiertjies dadelik. Die sirene op die agtergrond dui aan dat die Valke iewers op die pad is, wat Hans se goedkeuring wegdra. Dit wys hulle is selfs in die middernagtelike ure paraat.

"Wat wil jy nóú weer hê, Van Kraaienburg?" vra die ongeskikte vent.

"Ek wil niks hê nie, maar ek het iemand wat jý graag wil hê."

"Wie sal dit nogal wees?"

"Javel Davel."

"Van Kraaienburg, moenie met my speletjies speel nie! Ons is op pad Elandsbaai toe, waar ons vermoed hy skuil."

"Julle het die kat aan die stert beet, kaptein. Davel bevind hom in 'n huurhuis op Dwarskersbos. Ek en my reisgenote hou nou die huis dop. Ons vermoed hy slaap rustig."

"Stop die bleddie kar!" bulder Spiertjies vir vermoedelik die bestuurder van die swart gevaarte. Op die agtergrond hoor Hans skreeuende remme.

"Wát het jy gesê, Van Kraaienburg?!"

Hans herhaal sy storie.

"Hoe seker is jy daarvan?"

"Honderd persent." Hy verskaf die adres aan Spiertjies.

"Reg, ons sal binne tien minute daar wees." Hy bly 'n oomblik stil. "Maar laat ek jou waarsku, Van Kraaienburg. As ons daar aankom en Davel is nie daar nie, slaap jy en die res van jou geselskap vanaand in polisieselle. Verstaan jy my mooi?"

Hans ignoreer hierdie ongevraagde aggressie van die offisier.

"Sit net daardie sirene van jou af. Mens hoor jou kilometers ver aankom. Ons wil Davel nie onnodig op sy hoede stel nie."

Hans hoor hoe die kaptein na sy asem snak.

"Moenie vir my kom voorskryf wat om te doen nie!" snou hy Hans toe en lui af sonder om te groet.

Hans druk die selfoon in sy sak en haas hom so vinnig as wat sy vier-en-negentigjare bene hom toelaat oor die pad en deur die hekkie na die huurhuis se voorstoepie, waar die deur geleë is. Hy beduie met 'n geligte duim vir sy makkers in die voortuin dat die gewapende vleuel op pad is.

Hy kom tot stilstand voor die vier stoeptrappies en herinner homself dat hy nou so stil soos 'n muis in 'n kalbas moet beweeg. Sy skoensole kan klapgeluide op die geteëlde trappies maak.

Hans sit sy voet versigtig op die eerste trappie neer.

En dit is asof hy 'n landmyn aftrap. 'n Alarm begin kermend en deurdringend skree. Die skril klankgolwe weergalm soos voorhamerhoue in sy ore.

Hans los 'n sterk gekruide woord wat hy laas as jong man gebesig het toe hy die bal aangeslaan het met 'n oop doellyn voor hom in 'n deurslaggewende ligawedstryd vir Hamiltons se tweede span.

Hy pluk sy voet van die trappie af, maar die verdomde alarm bly blêr. Hy staan versteen, momenteel lam geskrik.

Sekondes later gaan 'n lig in die voorkamer aan en die alarm word afgesit. Die kortstondige stilte word verbreek toe die voordeur krakend oopgaan.

Aanvanklik herken Hans nie die man nie, want 'n slaapmus is laag oor sy kop getrek. Maar die bewoording op die kêrel se T-hemp verklap hom: *Davel Investments*. Dis onteenseglik die bedrieër.

"Bly net waar jy is, Javel!" bulder Hans. "Jou huis is afgekordon en die polisie is op pad hierheen."

Davel skrik sy melk weg en trek sy pap mondjie op 'n tuit, gereed om 'n kreet te uiter. Maar daar ontsnap net 'n gedempte ruising, wat Hans herinner aan 'n motorband wat afblaas. Davel klem met wit kneukels 'n bos sleutels vas. Sy verskrikte oë skeer oor die voortuin.

Dan, asof hy 'n terpentynveeg van agter kry, skiet hy soos blits vorentoe en teen die trappies af. Met 'n benoude boksprong ontduik hy Hans se grypende hande.

Hy pyl op die motorhuis af.

"Wyk, satan!" skreeu Vasie terwyl hy die stuk vuurmaakhout dreigend omhoog hou.

Dit laat Davel 'n skerp rigtingverandering maak. Hy trek sy rug hol soos hy in aller yl in ou Nella se rigting hardloop. Sy uitsluitlike missie is nou om die straat te bereik, lei Hans af.

"Keer die uitvaagsel!" skree hy.

Davel systap maklik ou Nella se lomp verdedigingspoging.

Hans sien al in sy geestesoog hoe hy en sy makkers vanaand agter tralies sit.

Uit die hoek van sy oog merk hy 'n vaal streep op, wat hy ná twee vinnige oogknippe as Senter op volspoed identifiseer. Die Bok-legende teer nie net op sy roem nie, want hy lanseer homself soos 'n geleide missiel op Davel af. Enkele meters voor die muurtjie duik hy die ventjie se bene onder hom uit en laat hom met 'n luide hik op die grond beland. Die slaapmus spat van sy kop af en die bos sleutels uit sy hand.

Senter skuif 'n paar treë verder oor die gras, wat Davel die geleentheid gee om op sy voete te kom. Die vlugteling kyk verbete rond vir sy bos sleutels, en is onbewus van ou Nella se naderende gestalte agter hom.

Net voor Davel weer kan begin hardloop, slaan sy haar twee massiewe arms soos staalklampe om sy maer gestalte, sy smal koppie vasgepen tussen haar vlesige borste.

Hans en Vasie kom oop-en-toe aangeskoffel om vir die befaamde koskolos bystand te bied, maar dis nie nodig nie. Davel is stewig in ou Nella se ystergreep, met haar borste wat sy gesig amper heeltemal verswelg.

"Die tante is besig om my te versmoor!" gil hy terwyl sy beentjies hulpeloos rondfladder.

"Dit sal nie 'n verlies vir die samelewing wees as sy dit regkry nie," snou Vasie hom toe.

"Moenie jou greep verslap nie. Nog net 'n paar minute, dan is die Valke hier," moedig Hans ou Nella aan. Net Davel se pap mondjie is nog sigbaar soos sy kop al hoe dieper wegsink in die donker gleuf tussen haar buuste. Benoude snorkgeluidjies beklemtoon sy asemnood.

Wieletjies, Maatjie en Liesbet, met laasgenoemde wat van kop tot toon bewe, het ook nou by hulle aangesluit. Hans weet Liesbet het al die aksie misgeloop, want toe hy in die kombi se rigting gekyk het, was sy onsigbaar. Moontlik dekking agter 'n stoelleuning geneem. Hans vertel die drietal hoe sy swaar artillerie die veldslag vir hulle gewen het, wat buitengewoon luidrugtige applous ontlok.

Hans merk dat die uitbundigheid Senter heeltemal oorweldig het. Hy span Davel se slaapmus as 'n skrumpet in en druk met oorgawe teen die enkele boom in die tuin. Hy is besig om die oorhand te kry, want die jong boomstam buig en kraak onheilspellend.

'n Loeiende sirene, wat 'n paar bure verwilderd uit hulle huise laat storm, kondig die Valke se aankoms aan.

Spiertjies en sy twee uniformmanne spring uit die kar en kom gebukkend in 'n ingeoefende V-formasie aangehardloop, pistole voor hulle uitgehou.

"Julle kan die grofgeskut maar bêre," sê Hans. "Die veldslag is klaar gewen. Ons het 'n burgerlike inhegtenisneming bewerkstellig."

Die uniforms gryp Davel aan elke hand en ontknoop hom uit ou Nella se gleuwe en voue. Hulle slaan hom dadelik in boeie. Terwyl Davel nog gulsig na vars lug hap, lei hulle hom na die kar.

Met sy hande in die sye, gluur Spiertjies Hans vyandelik aan. "En wát presies het hier gebeur?"

Hans het genoeg tyd gehad om aan sy betoog te skaaf. "Ons groepie het doodonskuldig hier op die sypaadjie gestaan en wag op julle koms. Maar toe gaan die huisalarm op 'n onverklaarbare wyse af. Davel het by die voordeur uitgestorm en ons raakgesien. Toe hy die hiele lig om weg te kom, het ons in die tuin inbeweeg en hom vasgetrek. Was dit nie daarvoor nie, was hy steeds op vrye voet."

Spiertjies wil nog iets vyandigs kwytraak, maar die harde

klapgeluid van die boomstam, wat onder Senter se drukkrag middeldeur gebreek het, laat hom sy rede verloor.

"Wat de fok doen hy?!" roep Spiertjies uit.

"Hy skrum," sê Hans kalm. "Doen dit maar altyd dié tyd van die nag."

"Gee my genade," prewel Spiertjies.

# 48

Vanoggend was die Tietiesbaai-hoofkwartier in rep en roer.

Hans het al vroeg 'n oproep van 'n polisieman op Laaiplek ontvang. Hulle moet twaalfuur daar by die polisiekantoor aanmeld vir 'n nuuskonferensie, wat deur die Wes-Kaapse polisiekommissaris bygewoon sal word. Tydens dié verrigtinge sal die beloning ook amptelik aan Hans-hulle oorhandig word.

Asof hierdie nuus nie genoeg was om geesdrifvlakke ongekende hoogtes te laat bereik nie, het Liesbet op haar foon op verskeie nuusberigte afgekom waarin hulle van 'n kant af bewierook is. *Dapper bejaardes trek Davel vas*, *Ponzi-slagoffers neem wraak* en *Oues maak kleingeld van grootgeld-bedrieër* was maar 'n paar van die opskrifte.

Die uitgebreide mediadekking het Carla ook laat bel, soos Hans vermoed het sy sal. Haar oproep het momenteel 'n demper op sy goeie luim geplaas.

"Ek kan nie glo dat my eie pa my só belieg en bedrieg het nie!" het sy getier. "Pa se vroom praatjies van blomme kyk was toe niks anders as snert nie! Om op Pa se gevorderde ouderdom sulke waaghalsige dinge aan te vang, grens aan absolute onnoselgeit."

"Ek het in jou belang gejok. As ek jou moes inlig dat ons met ons ondersoek voortgaan, sou jy vir akute paranoia gehospitaliseer moes word," het Hans teruggekap.

"Hou op twak praat, Pa!" het sy hom toegesnou. "Ons vier

kinders het besluit om binnekort Suid-Afrika toe te vlieg om Pa onder vier oë te spreek. Dis vir ons duidelik Pa is met die verkeerde mense deurmekaar."

"Verkeerde mense?"

"Ja, verkeerde mense. Gisteraand was daar 'n berig op Netwerk24 oor twee broers, Billie en Willie Moerdyk, wat 'n verklaring by die polisie afgelê het oor 'n mafiabende wat Pa glo op hulle spoor gesit het. Hulle kruip al dae lank weg en is erg getraumatiseer. Wie is dié gevreesde Carla Brambilla nogal?"

"Ek ken haar al vandat sy 'n klein dogtertjie is."

Carla het haar asem skerp ingetrek. "Ek . . . ek weet nie . . . wát om van hierdie donker onthulling af te lei nie, Pa." Sy het 'n oomblik stilgebly. "Ek het oral op die internet gesoek, maar daar is geen foto van of inligting oor die wreedaardige Brambilla-vroumens nie."

"Nie nodig om op die internet na 'n foto van haar te soek nie."

"Wat bedoel Pa?"

"Kyk net in die spieël, Carla," het Hans gesê en die foon doodgedruk.

Laaiplek se polisiekantoor lyk vir Hans soos 'n beskeie woonhuis. Dis 'n enkelverdieping-sinkdakgebou waarvan die een deel wit geverf is en die ander deel siersteenmure vertoon. Tussen twee vlagpale hang 'n groot banier met *Welkom/Welcome* oor die lengte daarvan gedruk. Dis duidelik die banier is al voorheen by groot geleenthede gebruik. Die lap is vaal geskroei deur die Weskus-son en dit torring aan die een kant los.

Hans-hulle moet 'n pad oopbeur deur 'n klein skaretjie wat op die sypaadjie en die stasie se beperkte voorerfie saamdrom. Sommige mense het op die steenmuurtjie voor die geboutjie geklouter om 'n beter uitsig te verseker. Mense fluit en klap hande toe 'n polisieman vir Hans-hulle beduie om op 'n klein verhogie te klim. Ou Nella sukkel om op te kom en Hans moet haar 'n hupstoot van agter gee. Hy merk dat kolmuis al weer wasgoed vreet.

Die stasiebevelvoerder stel die Wes-Kaapse polisiekommissaris aan die woord. Mikrofoon in die hand begin hy om hulle lof toe te swaai. Persfotograwe se kameraligte flits onverpoos en twee TV-spanne se lense bespied hulle van elke hoek en kant. Liesbet wuif met 'n wit sakdoekie vir die skaretjie en Senter voer die haka uit, wat vir groot vermaaklikheid sorg en die kommissaris se toespraak kortstondig onderbreek.

Spiertjies staan beteuterd eenkant asof sy kos afgeneem is. Elke keer as die kommissaris verwys na Hans-hulle se kranige speurvernuf en heldhaftige optrede, krimp hy ineen. Die kommissaris se afsluitingswoorde – dat die Valke nooit vir Davel sonder die hulp van hierdie "begaafde en brawe burgerlikes" sou vasgetrek het nie – laat hom kompleet soos 'n verkluimde hoender aan die bewe gaan.

Die kommissaris oorhandig aan hulle 'n groot gelamineerde tjekafdruk van R150 000. Hans weet dit is net vir die vertoon, want 'n polisie-offisier het hulle ingelig dat elkeen se deel vandag nog in hulle bankrekenings inbetaal sal word. Vasie fluister in Hans se oor dat hulle hierdie tjek moet hou om só dalk 'n dubbele beloning vir hulleself te bewerkstellig.

'n Onbekende vrou neem die mikrofoon by die kommissaris. Sy stel haar voor as een van die organiseerders van die geldinsamelingsveldtog "Beloon die sewe helde". Sy sê die veldtog is vier uur gelede op Facebook van stapel gestuur deur honderde Davel-slagoffers, hulle gesinne, familielede, vriende en kennisse, om die sewe helde verder te vergoed vir die swendelaar se suksesvolle inhegtenisneming. "Tien minute gelede het ons reeds die kerf van honderdduisend rand oorgesteek en die geld stroom steeds in," sê sy.

"Jou ou biesiepol!" roep Vasie uit, wat haar 'n oomblik van stryk bring.

"Die veldtog eindig oor 'n week, waarna die geld tydens 'n spogdinee in die Kaapse stadsaal aan Huis Madeliefie se sewe helde oorhandig sal word," sluit sy af, wat 'n staande ovasie van selfs die mediakorps meebring.

Wieletjies se uitroep van "O my dinee, gee my 'n glansrok om my mee te klee!" word uitgedoof deur die applous.

Nadat Hans-hulle met elke enkele siel elmboë moes skuur en onderhoude met onder meer die SABC, *Huisgenoot*, *Rapport*, *Son* en *Weslander* se verteenwoordigers gevoer het, stryk hulle sonder ou Nella en Senter aan kombi toe. Dié twee glanspersoonlikhede is nog besig om aan al wat leef en beef handtekeninge uit te deel.

Hans kan sien sy kollegas se kelke van geluk loop oor. Hy self sweef ook op die wolke, voel behoorlik soos 'n troetelkind van Fortuna, die Romeinse godin van geluk.

Vasie se oë glinster en hy vryf sy hande geesdriftig teen mekaar.

"Sê ek vir myselwers vanáánd bring ons die wingerd Tietiesbaai toe."